保健室経由、
Kaneyama Honkan
かねやま本館。
3
松素めぐり
講談社

保健室経由、かねやま本館。3

プロローグ

はっきりと覚えている。

お姉ちゃんがうちを出ていった日の、あの空の色。

今にも夕立が来そうな薄暗《うすぐら》い雲。いかにも嫌《いや》なことが起きそうな、陰気《いんき》なグレー。

「なにもかも、もう嫌なんだよ！」と、姉がテーブルをたたき、その拍子《ひょうし》に倒《たお》れて床《ゆか》に落ちた、グラスの割れる大きな音。

父の、しゃがれたうなり声。

「親にそんなこと言うやつは、もう娘《むすめ》じゃねぇ！　出てけ！　二度と帰ってくんな！」

「言われなくても出てくよ！　こんな家！」

バタバタと荷物をまとめて、姉は、本当に行ってしまった。

何時間たっても、何日たっても、帰ってこない。

「大丈夫《だいじょうぶ》。夏穂《かほ》はもう大人なんだから」

まるで自分たちに言い聞かせるように、母も祖母もそう言った。

姉は十九歳《さい》。誕生日まではあと十二日。大人までは、わずかに足りない。

そう思ったけど、言わなかった。

家に、お姉ちゃんがいない。

姉の不在は、どうしようもなく、とてつもなくさみしかった。

だけどその代わり、修羅場《しゅらば》がない平穏《へいおん》な日常が戻《もど》ってきた。

父が怒鳴《どな》らない、母が泣かない、祖母が笑っている。

そうか。お姉ちゃんはきっと、主張が強すぎたんだ。だから、お父さんとあんなにぶつかった。私は、そうならないようにしよう。

とにかくおだやかに、私は過ごしたいのだから。

グループ決め

「ええ～？　ムギって、お姉ちゃんいるの!?　ひとりっ子だと思ってたんだけど！」

仲良しグループのひとり、あーみんがそう言うと、他のみんなが「ちょっとー、今さらうそでしょ？　知らなかったの～？」とげらげら笑った。

そう、姉がいるんだよ。私がそう言おうとしたら、横からノッチが、

「あ～、でもそっか。あーみんが引《ひ》っ越《こ》してきたの中一だもんね。知らなくて当然かも。もうその頃《ころ》にはとーっくにいないもんね、ムギのお姉ちゃん」

ノッチは「とーっくに」に、やたらと力をこめた。

「え、なにそれどういうこと!?　いっしょに住んでないの？　そんな前から？」

あーみんが前のめりで食いついてきたので、私は「うん」とうなずく。

「三年前に家を出て、今は別々に暮らしているんだ。年も八歳《さい》上だし」

「ええ!?　あ、そーなの!?　あー、だからかぁ。ムギの家でお姉ちゃんに会ったことなんてなかったよなぁって思ったんだよ。なるほど、いっしょに住んでないのね～」

あーみんが、ふむふむと話を終わらせようとしたとき、ノッチがまた口を開いた。

「ムギとめっちゃキャラ違《ちが》うから、あーみん会ったら驚《おどろ》くよ」

ソネちゃんとハナも、ノッチの横で「たしかにー」と、笑いながら同意する。

みんながお姉ちゃんに会ったのは、三年も前のことだ。最近のお姉ちゃんを、知らないはずなのに。まあでも、そういう私だって、電話だけで会ってはいないのだけど……。

「そんなに!?　え、え、どんな感じなの!?　ムギのお姉ちゃん」

あーみんの興味が、再び戻《もど》ってくる。

うんまあ、ちょっと派手なタイプかな。そう答えようとしたら、また横からノッチが一言。

「鬼《おに》ギャル」

「マージーでぇー!?」

目を丸くするあーみんに、ソネちゃんとハナが、「驚きすぎでしょ～」と笑った。

私も、ははは、とみんなに合わせて笑いながら、内心ちょっと引っかかる。

たしかに姉は、ギャルだ。今はわからないけど、少なくとも三年前までは。

だけど、「鬼《おに》ギャル」って言い方には、トゲを感じる。姉のことをよく知らないくせに、ちょっとやだな。そう思ったけど顔には出さなかった。

しょうがない。きっと、みんなからはそう見えているんだ。ムギのお姉ちゃんは、なんかすごかった。ムギとはぜんぜん違《ちが》った、って。

私は後谷紬《うしろやつむぎ》。秋田県《あきたけん》に住む中学三年生。みんなからは「ムギ」って呼ばれている。

八歳《さい》年上の姉は、とにかく明るく、誰《だれ》からも好かれる人物だった。小学校では学級委員を、中学、高校でもバレー部のキャプテン。家業である田んぼの手伝いも率先《そっせん》してやったし、年の離《はな》れた妹の私にも、いつも優《やさ》しかった。学校の先生、近所の人、誰に聞いても評判がよい、両親の自慢《じまん》の娘《むすめ》。

だけど、今から四年前。将来のことで父ともめるようになり、姉は突然髪《とつぜんかみ》を金髪《きんぱつ》に染めた。姉のモチッとした白い肌《はだ》には、その髪色はちっとも似合ってなくて、なんでわざわざ変な色にしたんだろう、前のほうがよかったのになぁと、当時まだ小学六年生だった私は、不思議でしょうがなかった。

そこからだ。我《わ》が家《や》の、みんなの太陽だった姉が、おかしくなったのは。

父に対して、いちいちつっかかるようになった。父がなにか言うたびに、「はい、出た～。父さんの決めつけ」と、ばかにしたように鼻で笑ったり、ひどいときには舌打ちまでしてにらみつける。気が短い父は、「なんだ、その態度は！」と、姉に声を荒《あら》らげた。

「ふたりともやめてよ」と言う、母のすがるような、泣きだしそうな声。

別に、殴《なぐ》りあいをしているわけじゃない。ただの口ゲンカ。だけど、家族が言い争っている様子に、私は心臓がぎゅぎゅぎゅぎゅっと絞《しぼ》られるように、苦しかった。

父と姉のケンカが始まると、祖母が、私を二階の部屋へ移動させる。だけど、たとえ二階にいたとしても、くぐもった怒鳴《どな》り声《ごえ》は、どうしたって耳に入ってくる。

「なんであたしの人生なのに決めつけるわけ!?　もう好きにさせてよ！」

「ああ!?　誰《だれ》のおかげでメシ食えてると思ってんだ！　俺《おれ》だってなぁ、やりたいことなんて山ほどあったんだよ！　でもなぁ、家を守るってのが長男の役割なんだ！　ずっと続いてきた田んぼを、守っていくのが」

「だからそーいうの古いんだって！　てか、あたし長男じゃないし！」

「男も女も関係ねぇ！　おまえのほうがよっぽど古い」

「は!?　都合よすぎだろ！　そういうところが、うんざりなんだよ！」

「ああ!? なんだ、その言い方は！」

やめて！ やめてやめてやめて。

姉の進路のことで、もめているのは知っていた。

農業の勉強をして、うちの田んぼを継《つ》いでほしい父と、それをしたくない姉。

「じゃあ聞くけどな、他になんかやりたいことでもあんのか？ あるなら言ってみろ！」

父がそう怒鳴《どな》ると、姉はとたんに黙《だま》りこんでしまうのだった。

お姉ちゃん。他にやりたいことがないのなら、どうしてそんなに反抗《はんこう》するの？ つい最近まで、田んぼの手伝いするの、あんなに好きだったはずなのに。

姉の本音を聞きたかった。だけど、年の離《はな》れた妹の私には、心のうちを話してくれなかった。だから、私にはなにひとつわからないまま。

なにが姉を変えてしまったのか、どうして急に、農業を嫌《きら》いになったのか。

そして、ついに姉は家を出た。父との口ゲンカのすえ、本当に行ってしまった。

「あ」

ノッチが、私の背後に視線を向けた。振《ふ》りむくと、担任の井口《いぐち》先生が眉間《みけん》にシワを寄せて立っている。

「おいおい、おまえら。世間話してないで、ちゃんとグループ決めしてくれよ。たった半日のことなんだから、サッと決めろ、サッと」

井口先生は、右手を広げて「あと五分な」と、制限時間を示すと教卓《きょうたく》のほうへ戻《もど》っていった。黒板には**「課外学習　グループ決め」**と書かれた白い文字。

「ええ～？　五分だって。ねぇ、どうする？」

「困るよねぇ、そんなのすぐ決めろって言われてもさぁ……」

今は、「課外学習」のグループ決めの時間。来週の木曜日、市内にある「ねぶり流《なが》し館《かん》」へ見学に行き、グループごとにレポートをまとめる。そのために、男子四人、女子四人のグループを作らなければならなかった。

ハナとソネちゃんが、窓際《まどぎわ》にいる女子グループに視線を向ける。クラスでいちばん派手な女子三人組。「ギャル軍団」と、みんなは陰《かげ》で呼んでいる。

「ひとりだけあっち行くとか、キツいよね」

頬杖《ほおづえ》をつきながら、あーみんが口をとがらせた。

私たちは五人組。ギャル軍団は三人組。

他の女子たちは、もう四人ずつ、きれいにぱっくりわかれている。つまり、私たちの誰《だれ》かひとりが、ギャル軍団に移籍《いせき》しなければならない。

課外学習は半日だけだし、別にそこまで深刻になることじゃないのかもしれないけど、それでもやっぱり、ふだんほとんど絡《から》まないグループに、ひとりだけ入るのは嫌《いや》だ。しかもあろうことか、あのギャル軍団。

それはみんなが同じ気持ち。だからこそ「どうする？」「どうする？」と、お互《たが》いに目を泳がせることしかできない。

五分はあっという間に過ぎてしまった。それでも決めきれない私たちに、井口先生だけじゃない、他の女子も、男子たちも、「早く決めろよ～」って、イライラしているのが、空気でびしびし伝わってくる。いたたまれない。

そのとき、覚悟《かくご》を決めたように、ノッチが両手をパンッと顔の前で合わせた。

「ムギ、ほんとごめん。あっちに行ってもらってもいい？」

「え……」

「ほんとごめん！　ムギなら優《やさ》しいから、あの子たちともうまくやれるはずだよ。うちらは無理」

「え、でも……」

頭を下げるノッチを見ていられず、視線をさまよわせると、ハナとソネちゃん、あーみんの、申し訳なさそうな表情。でも、それは私に向けられたものじゃない、ノッチに向けられたものだった。

「ノッチ、言いづらいことをよく言ってくれたね」そういう気持ちが、見てとれる。

あ……、なんだ。そっか、そう。そうなんだ。力が抜《ぬ》けた。

「いいよ」

パッと、ノッチが顔を上げる。

「ほんと!?　ありがとう、ムギ！」

笑顔《えがお》で私の手をぎゅっと握《にぎ》って、「ムギ様〜、感謝でございます〜」と、ぶんぶん上下に振《ふ》った。他のみんなも、「さすがムギ、ほんと優《やさ》しいよね」と、言った。

「ぜんぜんいいよ、大丈夫《だいじょうぶ》」

別にたいしたことじゃない。自分がちょっとがまんして、みんなが平和に過ごせるなら、それでいい。私は静かに席を立って、窓際《まどぎわ》へと移動した。

ギャル軍団の子たちは、ひとりまじった私を意外と気遣《きづか》ってくれた。

「後谷さんもかわいそうだよねぇ。うちらのとこ急に入れられてさぁ」

「ううん、大丈夫です。よろしくお願いします」

「なんで敬語！ ウケるんだけど」

同じグループの男子たちが、「おまえら、後谷さんいじめんなよ～」と、ギャル軍団をからかう。

「うっさいなぁー、いじめないし」

「あきらかにライオンの群れにまじった羊って感じだけど」

「ぎゃははは、たしかに！」

「なにそれ、うちらがライオンってことー？ ありえないんだけどー。ウサギだよねぇ、ぴょんぴょん」

「似合わねぇ～！ ……って、痛《いて》っ！ お～いっ、マジで殴《なぐ》んなよ～」

ギャル軍団は、男子と仲が良《い》い。それも、目立つタイプの男子たちと。

あの子たちってイケてる男子としかしゃべらないじゃん、そういうところも好きじゃないんだよねー、と前にノッチが言っていたことがある。たいして話したこともないのに、ノッチがギャル軍団をあまりよく言わない理由が、あのときちょっとわかった。きっと、うらやましいんだ。「イケてる男子」と、話せることが。

あのとき、私は男子とあんまり話さないようにしよう、と心に決めた。そんなので悪口を言われたくない。だけど、そう思ってすぐに苦笑いした。そんなこと心に決めなくても、私に話しかけてくる男子なんかいないないか。

隣《となり》のグループでは、ノッチたちがくすくす笑いながら、楽しそうにノートを広げていた。それを見たら、いいな、ずるい、私もあっちがよかったな、と悲しい気持ちになる。

ノッチはどうして、「私」に、真っ先に声をかけたんだろう。あーみんでも、ソネちゃんでも、ハナでもなく。

優《やさ》しそうだから？　ムギならうまくやれるはずだから？　本当？　本当にそれが理由？

そこまで考えて、やめよう、と首を横に振《ふ》る。

私って、いつもこう。笑ってオッケーしておいて、あとからうだうだ、心の中で文句を言う。だったら最初から、「いいよ」なんて言わなければいいのに。

あーあ、やだ、情けない。なんて心のせまい人間なんだろう。

校舎裏

放課後。いつもどおりみんなといっしょに帰る気にはどうしてもなれなくて、うそをついてしまった。

「ごめん。進路のことで、先生に呼ばれているから、先に帰っててくれる……？」

「あ、そうなんだ。オッケー。じゃあねムギ、また明日～」

廊下《ろうか》でみんなの背中を見送りながら、ふっと真顔になってしまう。心のどこかで、誰《だれ》かひとりでも「どうしたの？　ムギ、もしかしてグループ決めのこと気にしてる？」って言ってくれるかなって、ほんのり期待していた、そんな自分が恥《は》ずかしい。

はぁ。小さく息を吐《は》いて、私は職員室のある一階へと向かい、ただただ職員室の前を行ったり来たりしていた。本当は別に用なんてない。ただ、みんなにうそ言っちゃったから、なんとなくこのあたりにいたら、うそをついたことが許されるような気がしただけ。

背後で、職員室の引き戸が開いた。振《ふ》りむくと、そこにはゴミ袋《ぶくろ》を持った井口《いぐち》先生。

妙《みょう》に、にこやかな表情。嫌《いや》な予感。

「おお後谷《うしろや》、ちょうどよかった。悪いんだけど、これ、裏に捨ててきてくれるか？」

やっぱり。

シュレッダーで細かく裁断された紙が、透明《とうめい》のゴミ袋の中にびっちり詰《つ》めこまれている。差しだされたゴミ袋を、私はすんなり受けとった。

「いやぁ、悪いなぁ。先生、これから職員会議でさぁ。助かるよ」

こんなとき、きっとノッチなら「え～、勘弁《かんべん》してよ先生～。自分で捨ててよ」ってはっきり言うだろうし、ギャル軍団だったら、最初から先生は頼《たの》まなかったんじゃないかな、とうっすら思った。

私は先生に「大丈夫《だいじょうぶ》です」と微笑《ほほえ》み頭を下げると、校舎裏のゴミ置き場へと向かった。


一階の保健室のある校舎裏に、黒いフェンスでかこわれたゴミ置き場がある。「燃えるゴミ」の山の上に、よいしょ、と袋をのせて、パンパンと両手をはらった。

さて、そろそろ帰ろう。顔を上げた瞬間《しゅんかん》、私は「え？」と、目を細めた。

視界が、もやもや白く煙《けむ》って見える。眼鏡が汚《よご》れているのかと思って、あわててハンカチを取りだした。レンズをこすってみたけど、眼鏡のせいじゃない。だったら目がかすんでいるのかと、まぶたを閉じて開けてを繰《く》りかえす。でもやっぱり、直らない。どうやら、この場所の空気自体がぼやけている。しかも、なんだか妙《みょう》な臭《にお》いまでするような……。

「なんだろう、これ……」

臭いをたどりながら歩いていくと、錆《さ》びたトタン壁《かべ》の、小さな倉庫があった。たしか、ここには予備の机と椅子《いす》のセットが何台かしまわれているはずだ。一度だけ、開いているのを見たことがある。

すん、と鼻から息を吸いこむ。やっぱり妙な臭い。そのまま、くんくんと鼻をきかせながら、倉庫の後ろ側をのぞいた。

ここだ、ここから臭っている。

倉庫の裏、陰《かげ》になった部分に足を踏《ふ》みいれた。やっと人ひとり通れるくらいの幅《はば》しかない。陽《ひ》がまったくあたらないからか、地面がしっとりと湿《しめ》っている。

「ん……？」

トタン壁の真ん中には、木製の古いドアがついていた。上のほうには、レトロなくもりガラスがはめこまれていて、真ん中には、**【第二保健室】**という、白い文字。

「第二、保健室……？」

首をかしげながらも、そのどこか秘密めいた雰囲気《ふんいき》に、どうしても目が離《はな》せない。

そのとき。ギィ……ときしむ音がして、ドアがほんの一センチだけ開いた。

ハッと息をのみ、一歩後ろへ下がる。身がまえたまま、じっとドアを見つめた。だけど、ドアは一センチだけ動いたまま、ぴたりと動きを止めている。中はなにも見えない。

風で動いただけかな……。

きちんと閉めようとドアに近づき、手を伸《の》ばして気づいた。くもりガラスの部分に、人影《ひとかげ》が透《す》けて見える。それも、白い服を着た人。ドアの向こう側、すぐそこにいる。

先生？　用務員さん？　どうしてこんな倉庫の裏側にあるドアの前に立っているんだろう。それも、こっちを向いて、まるで、私が開けるのを待っているように――。

心臓が鳴りだした。ドクドクドクという響《ひび》きが、喉元《のどもと》まで上がってくる。

も、戻《もど》ろう。そう思ったのに、体が麻痺《まひ》したようにその場から動けない。

ギィ……。きしんだ音をたてて、ドアが、ゆっくりと動きだした。

中から現れたのは――。

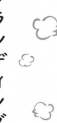

セルフブランディング

俺《おれ》は、成増拓人《なりますたくと》。あだ名は「ナリタク」。

東京の港区《みなとく》、タワーマンションの二十四階に住まいを持つ（といっても、所有しているのは両親だが）、中学三年生、男子。

正直言って、俺は、学校でソコソコ、いやそうとう、「イケてるほう」だ。これはナルシストとかじゃなくて、客観的に自分という人間を分析《ぶんせき》した結果。

学校という場所には、どうしたって見えないピラミッドが存在する。容姿がいい、明るい、洋服のセンスがある、運動ができる、頭がいい、といったアイテムを、より多く持つ者が、教室という空間の中心になる。

俺はそのアイテムを、人よりやや多く持っている。だから当然学校では、中心的な存在なわけだ。

昇降口《しょうこうぐち》で上履《うわば》きから靴《くつ》に履きかえようとしたとき、ぽんっと、菜々実《ななみ》が肩《かた》をたたいた。

「ちょっとー、統一模試の結果、聞いたよー？　全国でトップ百にランクインって、ナリタク超《ちょう》すごいじゃ〜ん」

「ああ〜、あれね。いやいや、まだまだっしょ」

「ええー、なにそれイヤミぃ!?　あたしなんて、寝《ね》る間《ま》を惜《お》しんで勉強して、ベスト五百にも入れてないのにさぁ」

ぷうっと頰《ほお》をふくらませて、菜々実が、ぽすっと殴《なぐ》ってくる。やたら甘《あま》い匂《にお》いがして、洟《はな》をすするふりをして、俺《おれ》はちょっとだけ匂いを嗅《か》いだ。

そのままちろりと菜々実を見る。うん。あ〜、やっぱかわいい。

「なによ、人の顔ジロジロ見て〜」

そう笑う表情からは、自分がかわいいことをわかっている自信が、ありありと見える。

小麦色の肌《はだ》に、小さな顔。くるりと大きな二重まぶた。色付きリップは校則で禁止のはずだから、きっと今さっきつけたんだろう、やけにぷるぷると光っている。

「早く行こー。自習室、混んじゃう」

おお、とうなずいて、歩きだそうとしたら、下駄箱《げたばこ》の横から、同じクラスの男子数人が声をかけてきた。

「うぉいっ。ナリタク」

「おまえばっかずりぃぞ～」

俺《おれ》は、「はいはい、うるさいよ、きみたち」と、軽くあしらいながら、菜々実といっしょに校門へと向かう。背後ではまだ、ヒューヒューとやつらがはやしたてている。

「いや、もう～、しつこいって」

俺が笑いながら振《ふ》りむくと、「すんませんっ、お幸せにぃ～」と、ひらひらと手を振ってきた。菜々実が、「別に彼女《かのじょ》じゃないんですけど～」と否定しながらも、まんざらでもなさそうな表情を浮《う》かべている。

そう。通っている進学塾《しんがくじゅく》が同じなだけで、菜々実はただの友達だ。まあ今のところは。

おそらく、菜々実の態度からして、俺に好意を持っているんだろうなぁということはわかっている。「彼氏《かれし》彼女になるのも時間の問題だろ～？　くぅ～、ウラヤマシ～、あんなかわいい子に気に入られちゃって～」とみんなはからかうが、「今、受験でそれどころじゃないだろ」と、俺はあくまでクールな態度でいる。

——ナリタクってさぁ、イケメンなのに彼女を作らないところが、ミステリアスでかっこいいんだよねぇ。

一度、女子たちがそうウワサしているのを聞いてから、「おお、ミステリアス！　そのイメージ、頂きます」と、俺《おれ》は心のメモ帳にしっかりと書きこみ、あえて「彼女《かのじょ》を作らない」という姿勢を貫《つらぬ》いてきた。せっかくここまで築き上げた「ナリタクブランド」だ。なにがなんでも死守せねば！

だけど、菜々実なら。これだけかわいい子が彼女なら、「さすがナリタク」と言われるだろうし、イメージアップにしかならないよなぁ。菜々実のくるんとカールしたまつげを横目に見ながら、他人事《ひとごと》のようにそう思う。

なぜ、俺がそこまで自分のイメージにこだわるのか。

あんまり大きな声では言いたくないが、それにはちょっとした理由がある。

俺は、小学校一年から五年までの五年間、父親の仕事の都合でシンガポールに住んでいた。通っていたインターナショナルスクールには、いろんな国籍《こくせき》の子がいたけれど、クラスの男子の中で、俺がダントツに細く、背も小さかった。

それだけじゃなく、中性的な顔立ち、さらに、ささいなことにビクつく「超《ちょう》弱虫」だった俺は、女子からはまったくモテず、男子たちからも、「ウジウジしている」とさんざんな言われようで、いじめられこそしなかったけど、「人気者」にはほど遠かった。

親友と呼べるような友達もおらず、ひとりで、校庭に咲《さ》いている花をひたすらスケッチブックに描《か》いて過ごした日々。

なぜ花の絵だったのか。

それは、童話『みどりのゆび』が大好きだったから。当時、現実の世界から逃《に》げだしたいと思っていた俺《おれ》は、たくさんの本を読んで、物語の世界に浸《ひた》ることで孤独《こどく》を和《やわ》らげていた。その中でも、いちばんのお気に入りが『みどりのゆび』だったのだ。

触《ふ》れると花を咲かすことのできる、不思議な親指を持つ主人公チト。彼《かれ》が、刑務所《けいむしょ》や病院、悲しみがある場所に、花を咲かせて喜びに変えていく話。

いつか俺の心にも、花が咲けばいい。チトが来てくれて、心を花でいっぱいに満たしてくれたらいい。そう願いながら、俺はひたすら花の絵を描いた。その行為《こうい》が、ますます「暗い」と、周りから煙《けむ》たがられる原因になっているとも気づかずに……。

しかーし！　それは過去の話。

日本に帰国した俺は、なんと転校初日からもう「人気者」だった。

「中性的で甘《あま》すぎる」と言われていた顔が、まさか日本では、ウケた。帰国前の数か月で身長が一気に伸《の》びたこともあり、俺《おれ》は「ちょっと日に焼けた帰国子女の美少年」として（自分で言う！）、学年中の女子たちから熱い視線を向けられたのだ。

日本語だからコミュニケーションも円滑《えんかつ》になったし、自信をつけた俺は、男子の輪の中にもグイグイ入っていけるようになった。

そこからはもう無敵だ。身長はどんどん伸びたし、バスケ部に入ってほどよく筋肉もついた。英語がしゃべれる、成績もよい。「ナリタク」は、完璧《かんぺき》だった。

見事なまでにすがすがしい、これぞ、サクセスストーリー。

――まあでも、物語と違《ちが》って、人生はここで終わりなわけではない。成功してからが問題なのだ。

俺は、みんなの思う「ナリタク」のイメージを壊《こわ》さないように細心の注意をはらい、人気者の地位を守りつづけた。少しだって、「ひ弱な拓人くん」を見せてはいけない。明るく、そして爽《さわ》やかに。ちょっとクール＆ミステリアス（ここ、ネイティブな発音で）。

その結果、学年一の美少女と名高い菜々実と、こうして肩《かた》を並べて下校ができているのだ。すべては努力の賜物《たまもの》。自分で自分を誉《ほ》めてあげたい。

菜々実が、「ねーぇ、そういえばさぁ」と、俺を見上げた。

「駅前の路上で、たまに絵を売ってるオジサンいるじゃん?」

「あ～、そういやいたな、そんな人」

「なんかあの人やばくない? 絶対許可とかとってないでしょ、あんなところにビニールシート広げちゃって」

「そんなやばめの人だったっけ?」

「超《ちょう》やばいよ。なんか、いっつもやたらにこにこしててさぁ、不気味なんだよねぇ。前通るとき、ビクビクしちゃうもん」

「ふぅん……」

なんか気の利《き》いた返しがしたかったけど、そもそもその絵描《えか》きのオジサンを意識してちゃんと見たことがない。そんな不気味な人だったっけなぁ? と考えていたら、

「ふぅんって……、もう」

菜々実が不服そうに口を尖《とが》らせたので、俺《おれ》はあわてて会話をつなげた。

「今度、ちゃんと見とくわ。そういえば菜々実、前髪《まえがみ》切った?」

「えー、わかる? そうなの、ちょっと切りすぎちゃって」

「いいじゃん、似合ってる」

菜々実が、もう、これだから帰国子女は～、と言いながらも、うれしそうな顔をした。

よしよし、オッケー。女子の喜びそうな言葉、ちゃんと言えたわ。俺《おれ》は、心の中で「よくやった」と、自分を激励《げきれい》した。さっき、「ナナミン、前髪切ったんだねぇ」と、盛りあがっていた女子たちの会話をちゃんと聞いておいてよかった～。

――だけど。次の瞬間《しゅんかん》、もう戸惑《とまど》いはじめる。

やば。会話、終わっちゃったじゃん。どうしよ、なに話そう。塾《じゅく》までの道のりは、まだ長い。額に汗《あせ》がにじんだ。でも、そんな焦《あせ》りは悟《さと》られてはいけない。なぜなら俺は、「ナリタク」だから。

じつは、菜々実といっしょにいると、よくこういう状況《じょうきょう》に陥《おちい》ってしまう。あっという間にしゃべることがなくなって、沈黙《ちんもく》になる。いかんいかん、と俺は必死で会話の糸口を探し、塾までの道のりをなんとかつなぐ。気を抜《ぬ》いて黙《だま》っていると、「ちょっと、なんかしゃべってよ～」と文句を言われるので、なかなか気を遣《つか》う。

だけどやっぱり、そういうのを差し引いても、こうして菜々実の横を歩いているのは気分がよかった。「こんなかわいい子といっしょに歩いている俺」、どうよ？　と、誇《ほこ》らしくなる。ニヤけそうな口元を左手で隠《かく》していたら、学校のフェンス越《ご》しに、妙《みょう》なものが目に入った。

「……ん？」

ちょうどプールのあるあたりが、なんだか、煙《けむ》っているような。

プール自体は、フェンスと塀《へい》でかこまれているので中は見えないが、そのあたりから空に向かって、立ちのぼっているのは、白い煙《けむり》――？

「ちょ、あれなに⁉」

俺《おれ》があわてて指をさすと、菜々実が「ええ？　なーに？」と、同じ方向を向いた。

「ほら、めっちゃ煙出てるじゃん！　プールの方向！」

「え？　なに？　なんもないじゃん」

「は⁉　なんでだよ！　めっちゃ出てんじゃん、ほらあそこ、白い煙！」

焦《あせ》って大声を出す俺に、菜々実が思いっきり顔をしかめる。

「ちょっとー、大丈夫《だいじょうぶ》？　勉強しすぎて幻覚《げんかく》でも見てんじゃないの？」

「え⁉　は、なんで⁉」

菜々実だけじゃない、周りを歩く他の生徒たちも、大騒《おおさわ》ぎする俺を見て、どうしたんだ？　って視線を向けてくる。

イケてるナリタクらしくない、そう思われたかもしれないと思ってギクッとする。

いや、だけど、幻覚なんかじゃないって。ほら、だって、すぐそこに、あんなに煙《けむり》が。

しかも、さっきより濃《こ》くなって！　なんで俺《おれ》にしか見えてないんだよ！　みんななんで、わかんないわけ!?

「み、見てくるっ！」

駆《か》けだした俺の背中で「ええー？　意味わかんないんですけどー」と、菜々実が声を張りあげた。あとで、文句を言われるかもしれない。でも、そんなの今はどうでもいい。

だって、おかしいだろ！　あんなに煙《けむ》ってるのに、みんなに見えてないって！

「なんだナリタクー、忘れ物かよー」

「あ、ナリタク先輩《せんぱい》だぁっ」

「あれぇ、どしたのナリタク～」

誰《だれ》かに声をかけられたら、ふだんだったらいちいち爽《さわ》やかな笑顔《えがお》を作って、「おう」と、軽く右手でもあげるサービス精神旺盛《せいしんおうせい》な俺だが、まさかの煙にパニックすぎて、同級生や後輩の声に反応することもできなかった。

そのまま猛《もう》スピードで、プールサイドへと走った。

山姥《やまんば》、登場

今は九月下旬《げじゅん》。

水泳の授業は一学期で終了《しゅうりょう》したので、プールの水は、にごった緑色へと変色していた。

そんな「シーズンオフ」のプールサイドに、立ちこめる白い煙《けむり》。

「なんなんだよ、これ……」

顔をしかめて、ん？　と鼻で息を吸った。妙《みょう》な臭《にお》いがする。卵の腐《くさ》ったような、鉄が錆《さ》びたような……。両手で臭いをはらいのけながら、煙の出どころを探してみる。プールの中から煙《けむ》っていると思っていたけど、どうやらそうじゃなさそうだ。シャワーコーナーの奥《おく》、更衣室《こういしつ》のほうに向かって、煙の濃度《のうど》が濃《こ》くなっている。

近づいてみると、男子更衣室のドアノブの部分に、**【第二保健室】**と書かれた白いプレートがかかっていた。

「第二保健室……？　なんだ、それ」

ドアの奥《おく》で、がさり、と音がした。中から人の気配がする。

誰《だれ》か、いるのか……？

おそるおそる、ドアノブに手をかけた。鍵《かぎ》がかかっているかもと思ったけど、かちゃりとドアノブは簡単にまわり、引いてみると、ギィッと音をたててドアが開いた。

「おおっ」

思わず、のけぞってしまった。

ずんぐり体型の白衣を着たオバさんが、入り口を覆《おお》うように仁王立《におうだ》ちしている。

チリチリと縮れた、白髪《しらが》まじりのボサボサの髪《かみ》。手垢《てあか》でベトベトの丸眼鏡の奥で光る、猫《ねこ》の爪《つめ》のような細い目……。

俺《おれ》の頭にぱっと浮《う》かんだのは、『三枚のお札《ふだ》』の絵本だった。

小学校低学年の頃《ころ》、放課後に通っていた日本語学校で先生が何度か読んでくれた。主人公の小僧《こぞう》を食おうとする、不気味な山姥《やまんば》。他のみんなからは「おもしろい」と、大好評だったが、俺はどうしても山姥がだめで、夜眠《ねむ》れなくなるほどトラウマになってしまった。

あの絵本の山姥に、似ている。そう思ってごくんと唾《つば》を飲みこんだとき、山姥が——、いや、オバさんが口を開いた。

「いらっしゃい」

知らないオバさんからの突然《とつぜん》の「いらっしゃい」。自分に向けられた言葉とは思えず、俺《おれ》はあたりをキョロキョロ見まわした。しかし、煙《けむ》ったプールサイドには、誰《だれ》もいない。

「お、俺?」

自分を指差してたずねると、オバさんはゆっくりとうなずいて、にたぁっと笑った。牙《きば》のような黄ばんだ八重歯が、口元からのぞく。

お、おいおいおい、さすがにちょっと山姥感《やまんばかん》が強すぎませんか?

目の前のオバさんと、絵本の山姥が重なる。ゾクゾクッと鳥肌《とりはだ》が立って、顔面がヒクついた。いや、俺はもう、ひ弱な拓人《たくと》くんじゃない。冷静沈着《れいせいちんちゃく》な「ナリタク」。学年でいちばんイケてる男子。しっかりしろ、俺、しっかり……。

だけど、どうしてもこのオバさんに見つめられると、あの頃《ころ》の「拓人くん」がよみがえってきそうだった。

と、とりあえず、戻《もど》りますか。煙《けむり》は気になるけど、ひとまずここを離《はな》れよう。

「すみません、なんか俺、まちがえちゃって……」

引き返そうと後ろを向いた瞬間《しゅんかん》、ガバァッとオバさんが俺《おれ》の両肩《りょうかた》をつかんだ。

「!!」

振《ふ》りほどこうとしたけれど、かなり力が強い。そのままグイグイ後ろに引っ張られ、ドアの中へと引き入れられる。もはや、人食いワニに、川底へと引きずりこまれる状態。

「やめてぇぇぇぇ、はなしてぇぇぇぇぇ！」

恐怖《きょうふ》が最大限に達し、思わず出てしまった情けないほど高い声。中へと引きこまれたとたん、煙《けむり》が鼻と口に入りこみ、ケホケホとせきこんでしまった。もはや怖《こわ》くて目も開けられない。固く目をつぶったまま、ひくひくと震《ふる》えていたが、どれだけ待っても、なにもしてくる気配がない。

意を決してカッと目を見開くと、そこに広がっていたのは――。

「ほ、保健室……？」

モヤがかかったように白く煙《けむ》ってはいるが、それ以外は、ごくごくふつうの「保健室」だった。

窓際《まどぎわ》から並んだ、白いカーテンで仕切られたベッドスペース。薬品や備品が並んだ棚《たな》。先生専用の机と椅子《いす》。部屋の真ん中には、楕円形《だえんけい》のミーティングテーブル。蛍光灯《けいこうとう》が、部屋全体を青白く照らしている。

「な……」

ドアノブに、**【第二保健室】**と、プレートがかかっていたのは、もちろん見ていたけれど、まさか本当にこんな場所に「保健室」があるとは。しかも、あの「山姥《やまんば》」は、平然とした顔で椅子《いす》に座《すわ》り、大きな白い布を、裁《た》ちバサミで縦に切っている。ハサミの切れ味は抜群《ばつぐん》のようで、布はあっという間に、長細い手ぬぐいのような大きさにわかれていく。

どうやら、危害を加えるつもりはなさそうだ。俺《おれ》はへなへなと床《ゆか》にしゃがみこんだ。ひと呼吸置いて、両手で顔を覆《おお》う。

はぁぁぁ、なんだよもう、めちゃくちゃ怖《こわ》かったよ――――。っていうか、なぜ？　なぜなぜ、俺をここへ!?

「さてと」

突然《とつぜん》、山姥が立ちあがった。俺は「ひゃん！」と、情けない叫《さけ》び声《ごえ》をあげて、体をこわばらせた。（恥《は》ずかしいから自分でツッコんでおく。「ひゃん」ってなんだよ、「ひゃん」って……）

山姥はすたすたと、いちばん窓際《まどぎわ》のベッドサイドへ向かった。そして、かこわれていたカーテンを、シャッと勢いよく開けた。当然、カーテンを開けたら、ベッドがあると思っていたのに――。

ベッドどころか、なにも置いてはいなかった。ひたすら無機質な灰色の床《ゆか》に、ぽっかり空いた穴。そこからシューシューと不気味な音をたてながら、湧《わ》きあがる真っ白い蒸気と、なんとも言えない妙《みょう》な臭《にお》い。さっきプールサイドで臭っていたより、ずっと濃《こ》い。

山姥《やまんば》が振《ふ》りかえり、俺《おれ》を見て言った。

「さあ、行ってみるかい？　床下《ゆかした》の世界へ」

床《ゆか》下《した》は雨

山姥《やまんば》は、銀山《かねやま》先生というらしい。

本人がそう言って、白衣の胸元《むなもと》のポケットにしまわれていた名札を見せてくれた。そこにはたしかに、**【養護教諭《ようごきょうゆ》・銀山】**という文字。

銀山先生なんて、見たことも聞いたこともない。本当に保健の先生なのか？　とてもじゃないけど信じがたい。それに、この穴。この蒸気。なんなんだよ、これはいったい！

「……はは、ははは、はははははは！」

俺《おれ》は笑いだしてしまった。もうなにがなにやら。完全に情緒《じょうちょ》不《ふ》安定《あんてい》だ。

「どうすんだい？　行くの、行かないの？」

行くの、行かないのって。

「はははははは」

引きつづき、かわいた笑い声をあげながら、俺《おれ》は右手を横にぶんぶん振《ふ》った。

まさか、そんな行くわけないでしょ。ここから一刻も早く逃《に》げだしたいくらいなのに。

銀山先生は、特に残念そうな顔はせずに、「そうかい」とだけ言うと、カーテンを開けっぱなしにしたまま、再び椅子《いす》へと戻《もど》った。

「行かないならいいんだ。ただ、あんたには必要な場所だと思っただけ。まあでも、行くも行かないも自由さ。行かないなら、さあ、早くお帰り」

そう言って、銀山先生はまた、ジョギジョギと布を切りはじめた。

「あ、あの床下《ゆかした》には、なにがあるって言うんですか？」

「それは、自分の目で確かめな」

「はあ……!?」

なんだよ、それ。そういうこと言われると、どうしても見たくなってしまう。まんまとワナにハマっているような気もしたが、俺はおそるおそる立ちあがり、床の穴に近づいた。後ろから、銀山先生にドンッと突《つ》きおとされたりしないか心配で、何度も後ろを振りむきながら、やっとのことで、蒸気の立ちのぼる穴をのぞきこんだ。

その瞬間《しゅんかん》、パチッとスイッチを切ったように、白い蒸気がかき消えた。とたんに、穴の中の様子が、くっきりと姿を現す。

「……すご」

それは、お世辞なしで美しい光景だった。

底がまったく見えない、深い深いトンネル。そこに、なめらかな木のハシゴが、ずっと下までかかっている。ハシゴの両サイドには、障子紙でかこった四角い灯《あか》りが等間隔《とうかんかく》で並んでいて、やわらかい明るさで、トンネルをぽわりと照らしだしていた。

いつの間にか背後に、銀山先生が立っていた。「おおっ」と、俺《おれ》は思わず体をこわばらせてしまったが、銀山先生は平然とした顔で、「ほれ」と、さっき切っていた長細い白い布を、差しだしただけ。

「手ぬぐい、持っていきな。下の世界で必要になるから」

「いや、俺まだ行くなんて言ってないけど」

「あんたは行くさ」

銀山先生はニタリと笑うと、手ぬぐいを勝手に俺の首にかけた。

「いや、だから俺、行くなんて一言も――」

しかし俺《おれ》は、ハシゴを下りてここまで来た。

幻想的《げんそうてき》なハシゴを前にして、どうしても好奇心《こうきしん》が抑《おさ》えられず、ほんの少し、もう少し、下がどうなっているのか見てみたい。そんな気持ちでハシゴを下りているうちに、ついに足が地面に着いてしまったのだった。

地面は、水浸《みずびた》しだった。まだ買って数回しか履《は》いていないスニーカーに、ダボッと水が入りこんでくる。ちょっとー、勘弁《かんべん》してよ。これ一万以上したんですけど。

「マジかよ～～～、さいっあく」

自らハシゴを下りてきたくせに、銀山先生に文句を言いたくて上を見上げた。入り口はとっくに銀山先生によって閉められていたので、姿は見えない。

「はあ～～～～」

長いため息をついた俺の目の前には、アーチ形にくり抜《ぬ》かれたトンネルの出口があった。そこから、冷たい風が吹《ふ》きこんでくる。

「え……?」

雨粒《あまつぶ》を含《ふく》んだ「外」の風だった。さらに、耳をふさぐほどの、どうっと激しい雨の音。

そんな、まさか。

俺《おれ》は身を縮め、頭を下げながら、出口をくぐり抜《ぬ》けた。

とたんに広がる視界。

そこは、雨に煙《けむ》る夜の森だった。木々の茂《しげ》みを一気に洗いながすような、地面に降りしぶく大量の雨。俺がハシゴを下りていた時間は、せいぜい十分程度のはずだ。なのに、ここはまったくの「夜」の世界だった。

「う、うそだろ……」

一瞬《いっしゅん》でずぶ濡《ぬ》れになった俺の足元から、十数メートル続く飛び石。その先に、かやぶき屋根の平屋がひっそりと建っていて、ガラス戸や窓から黄色い灯《あか》りがもれていた。温かそうな、やわらかな灯り。

前方を見つめながら立ちすくみ、滝《たき》のような雨に打たれていた俺の背後で、ジャボンッと、水の音がした。

ハッと背後を振《ふ》りむくと、そこには、視界をさえぎるほどの、大きな大きなクスノキ。根元にはアーチ形の穴がくり抜かれている。そうか、俺はここから出てきたんだ。

「冷たい」

穴の奥《おく》から、小さな声が聞こえた。

誰《だれ》かいる。俺《おれ》はサッと身がまえた。

「雨の音がする……」

細い、やわらかい声。

ああ、なんだ女子か。それにしても、かわいい声。

俺は、体の力を抜《ぬ》いて、クスノキの穴をじっと見つめた。どんな美少女が現れるんだろうと期待しながら。

すると、ジャバジャバと、足で水をかきわける音をたてながら、髪《かみ》をひとつに縛《しば》った女子が、こちら側へとくぐり出てきた。

顔を上げた女子と目が合う。

「え」

おしゃれ度ゼロの眼鏡には、雨が容赦《ようしゃ》なくあたり、水滴《すいてき》が跳《は》ねていた。べっちょりとおでこに張りついた、濡《ぬ》れた前髪《まえがみ》。

うっわぁ、さえない！　声はかわいかったのに、なんだよ、がっかりだわ。こんなの詐《さ》欺《ぎ》だ、詐欺！

その子は、知らない制服を着ていた。セーラー服なんて、漫画《まんが》でしか見たことがない。

せめてねぇ、もうちょいスカートの丈《たけ》を短くしたりして、かわいく着こなしたりできないですかね。膝下丈《ひざしたたけ》が、とことん野暮《やぼ》ったい。どう見ても、うちの学校の生徒じゃないよな？　だったらなんで、同じ場所から出てきたんだ？

目を細めながら観察するように見ると、その子が後ずさりした。華奢《きゃしゃ》なフレームの眼鏡の奥《おく》で、目がおびえている。

「あ、あなた、誰《だれ》……？」

その言い方と表情に、俺《おれ》はイラッとしてしまった。いや、そんなビビらんでも。っていうか、なんでこんなダサいやつに、不審者扱《ふしんしゃあつか》いされなきゃなんないんだよ。

「そっちこそ誰だよ！」

思わず、吐《は》き捨《す》てるような声が出てしまった。その子がビクッと体をこわばらせて、また一歩下がる。

なんか言いかえせよ。こっちがただの嫌《いや》なやつみたいになっちゃうだろうが。

は～、もう。学校にいたら、絶対、絡《から》まないタイプだわ。そう思った。

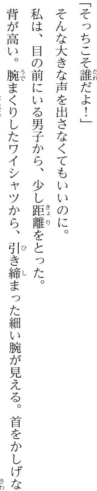

絶世の美女

「そっちこそ誰《だれ》だよ！」

そんな大きな声を出さなくてもいいのに。

私は、目の前にいる男子から、少し距離《きょり》をとった。

背が高い。腕《うで》まくりしたワイシャツから、引《ひ》き締《し》まった細い腕が見える。首をかしげながら私を見下ろす端正《たんせい》な顔を見て、ああ、アイドル好きのノッチたちが、キャーキャー騒《さわ》ぎそうなタイプだな、と思った。

たぶん、本人も自分がかっこいいことをじゅうぶんわかっているんだろう。濡《ぬ》れた前髪《まえがみ》をかきあげながら、片方の手を腰《こし》にあてている。わざわざ顔を上に向けて、雨に打たれて。まるでアイドルのミュージックビデオだ。

こんなに濡れてもかっこいい俺《おれ》、どうですか？　たたずまいから、そんな自信がありありと見てとれる。たしかにイケメンかもしれないけど、ちょっと、ううん、かなり苦手なタイプ。そう思ったのをなるべく悟《さと》られないように、私は下を向いた。

それにしても、ここはいったいなんなんだろう。どうして知らない制服の男子が……？

「うぉ～い！　わりぃわりぃ、遅《おそ》くなって」

前方から声がして、私はパッと顔を上げた。飛び石の向こう側から、黒い傘《かさ》をさした小さな男の子が走ってくるのが見えた。腕《うで》にさらに一本、同じ黒い傘をかけている。

横で、「んん？」と、イケメン（と呼ぶのは、相手の思うツボのようで抵抗《ていこう》があるけれど）も、目を細めたのが見えた。

それは坊主頭《ぼうずあたま》の男の子だった。小学校低学年くらいだろうか。小豆色《あずきいろ》の甚平《じんべい》を着ていて、足元は草履《ぞうり》。ずいぶんと古風だ。

私たちの目の前まで来ると、

「オレはキヨってんだ。よろしくな！」

そう言って、大きなすきっ歯の前歯を見せて笑った。

「オ」にアクセントがある「オレ」の言い方、なんか懐《なつ》かしい。そういえば小学校の頃《ころ》はよく、クラスの男子たちが「オレ」って言ってたなぁ。「オレ」と「俺《おれ》」。あの境目って、いつだったんだろう。

キヨ、というらしい男の子は、私とイケメンを交互《こうご》に見てから「すっかり濡《ぬ》れちまったなぁ」と、背伸《せの》びをしながら私に傘《かさ》を差しだした。

戸惑《とまど》いながらも私がそれを受けとると、キヨはイケメンをちろりと見て、「おまえはいいな、別に濡れても」と、あっさり言った。そして、自分は腕《うで》にかけていたもう一本の傘をパッと開いて、すたすたと飛び石を大股《おおまた》で戻《もど》っていく。

「はあ？　おいチビ！　なんで俺《おれ》は濡れてもいいんだよ！　ちょっと、待てって」

文句を言いながら、イケメンはずぶ濡れになりながらキヨの後を追った。私も、「え、待って」と、傘をさしながら後ろをついていく。

「こっちこっち――！」

雨に煙《けむ》る向こう側から、キヨの声がする。傘を貸してもらったとはいえ、横殴《よこなぐ》りの雨が全身に吹《ふ》きこみ、眼鏡に大量の水しぶきがついた。視界がぼやける。

飛び石の両サイドに並んでいるのは、丸や四角、大きさも形も違《ちが》う灯籠《とうろう》だった。眼鏡についた雨のせいで、灯《あか》りが横にぽうんっと広がって、宇宙船のような形に見える。

雨でめちゃくちゃになりながら一歩一歩飛び石を進む。不思議と、なにかがふっきれていくような感覚がした。脳が、シュウッと回転の速度をゆるめていくような、そんな感じ。

「よしよし、よく来たな」

かやぶき屋根の平屋の前で、キヨがにんまりしながら待っていた。雨に濡《ぬ》れた坊主頭《ぼうずあたま》が、入り口横にある高い灯籠《とうろう》に照らされて、てらてらと光っている。

「うわぁ、もう、べっちょべちょだわ。なんで俺《おれ》には傘《かさ》貸してくれないかな」

イケメンがうんざりした顔で、自分の肌《はだ》に張りついたワイシャツを指でつまみ上げる。

目の前の平屋に、私が目をしばたたきながら傘を閉じると、キヨがそれをサッと受けとり、籐《とう》の傘立てにバサリとつっこんだ。

「こちらをご覧くだせぇ！」

キヨが両手で示したガラス戸の横には、大きな一枚板が打ちつけられていた。そこには、迫力《はくりょく》のある毛筆で書かれた、**【かねやま本館】**という文字。

「『かねやま、本館……？』」私とイケメンは同時につぶやいた。

「かねやまって、あの先生と同じ名前じゃん……」

イケメンが先にそう言ったので、私は目を丸くした。

「……私も今、同じことを言おうとしてた」

「じゃあおまえも、あそこから？　あの不気味な第二保健室」

うん、とうなずいた。とたんにイケメンが、「マジ？」と、顔を近づけてくる。

「じゃあなに、稜港中《りょうこうちゅう》の生徒ってこと？　制服違《ちが》うのに？」

私は「稜港中？」と、眉《まゆ》をひそめて、首を横に振《ふ》った。

「知らない、そんな学校……」

「え？　東京都港区《みなとく》の稜港中学校だよ」

「東京？　まさか、違う違う。私が通っているのは……」

そこで「おいおいおい！　勝手に話を進めるなっ！」と、私たちの間に、キヨが入ってきた。

「これからちゃあんと、オレが説明してやっから。焦《あせ》るな、焦るな」

そう言うと、キヨは目の前のガラス戸を勢いよく開けた。

「小夜子《さよこ》さーん！　おきゃくさぁぁぁん！」

小夜子さん……？　また、誰《だれ》か出てくるのかな？

キヨに続いてイケメンが玄関《げんかん》をくぐる。そのすぐ後ろから、私も続いた。

そこは、細長い土間だった。一段上がったところは、真ん中に囲炉裏《いろり》のある板敷《いたじ》きの広間。右側には**紫色《むらさきいろ》の暖簾《のれん》**、左側には**橙色《だいだいいろ》の暖簾**がかかっている。そして、真正面、奥《おく》にかかっているのは、「男」「女」と書かれた、藍色《あいいろ》とえんじ色の暖簾。

「『お、お風呂屋《ふろや》さん……？』」

また、声がハモってしまった。イケメンが、苦い顔でこっちを振《ふ》りむく。ハモったくらいで、なにもそんな嫌《いや》な顔しなくてもいいのに。

「そ！　よくわかったな」と、キヨは得意げな顔で続けた。

「まあ、正式にはここは、トージバってんだ。お湯で、治す、場所、って書いて、湯治場《とうじば》」

はじめて聞いたワード。頭の中に、漢字を思《おも》い浮《う》かべる。湯、治、場。ああ、なるほど、湯治場かぁ……。

そのとき、右側の紫色の暖簾が、ふわりと大きく広がった。同時に、優雅《ゆうが》な花の香りが、わあああっと流れるように漂《ただよ》ってくる。暖簾から現れた着物姿のその人を見て、私の前にいるイケメンが、「はっ」と息をのんだのがわかった。

「…………」

言葉が出てこない。

イケメンも一切《いっさい》声を出さなかった。おそらく、私たちはそろって眼球が飛びでそうなほど、目を丸くしていたはずだ。

だって、目の前にいるその人は、それはもうとてつもなく、今まで人生で見てきたどんな人よりも、圧倒的《あっとうてき》に――――、

美しかった。

目が覚めるような美人って、こういう人のことを言うんだろう。白い肌《はだ》に、澄《す》んだ目元。あごのライン、口元、首筋、どこをとっても少しの隙《すき》もなく美しい。藤色《ふじいろ》の着物が、こんなに似合う人って、世の中に他にいないんじゃないかな。

「いらっしゃいませ、お待ちしておりました」

うわぁ……。とろけるように優《やさ》しい、いつまでも聞いていたいような声。脳に、じいんと響《ひび》くような、やわらかさ。

私からは見えなかったけど、イケメンはよっぽどだらしない顔をしていたらしい。キヨが「すんげぇ顔してんぞ」と、彼《かれ》のほうを見てニヤニヤしていた。

「女将《おかみ》の小夜子でございます。よくお越《こ》しくださいました。ここは、みなさんの疲《つか》れを癒《い》やす場所、中学生専門の湯治場、かねやま本館でございます。どうか、思う存分おくつろぎくださいね」

「ちゅ、中学生専門の湯治場……？」

小夜子さんが私を見て、「ええ」と、にっこり微笑《ほほえ》んだ。あまりの美しさにぽうっとしてしまう。キヨがそんな私を見て、自慢《じまん》げにふふんと笑った。

「なあ、小夜子さんて、月下美人《げっかびじん》に似てんだろ？」

一瞬《いっしゅん》「ん？」と、思ったけど、すぐに頭の中に「月下美人」の花が、映像で浮《う》かんだ。年に数回、夜にしか咲《さ》かない神秘的な白い花、月下美人。

「ああ……！　うん！　色白だし、繊細《せんさい》な美しさだし、ほんとだね、似てる、月下美人に」

「だろぉ～」と、キヨがうれしそうに笑うと、イケメンが振《ふ》りむいて、「ああ、月下美人ね。似てる似てる」と言ったので驚《おどろ》いた。

へぇ。こういうタイプが、月下美人の花を知っているなんて、意外。

小夜子さんは微笑みを浮かべたまま、着物の胸元《むなもと》から、薄《うす》い木の板を二枚取りだすと、私とイケメンに一枚ずつ、宝物を預けるような手つきで、そっと手渡《てわた》した。

そこには、焼きつけたような茶色い文字で、上のほうに**【有効期限、初来館より三十日。一日一回、五十分】**と書かれていて、下側に**【かねやま本館】**という赤い角印が押《お》されている。

「ここではあだ名で呼びあう決まりになっておりますので、最初に呼び名を決めていただきます。なににしましょうか？」

小夜子さんがそう言うと、イケメンはすぐさま「ナリタク」と答えたので、私もあわてて「ムギでお願いします」と伝えた。

「ナリタクさんに、ムギさんですね」

小夜子さんがそううなずいたとたん、木の板の真ん中に**【ムギ様】**と、名前がジュワッと浮《う》かびあがった。

「わっ」

私より先に、ナリタクが声をあげた。彼《かれ》の手にしている入館証にも**【ナリタク様】**と、文字が浮かびあがっている。

「入館証です。ここへ来たいときは忘れずにお持ちください。再発行はいたしかねますので、くれぐれも失《な》くさないようにご注意くださいね」

小夜子さんはそう言うと、「キヨちゃん、あとはご説明お願いね。では、ナリタクさん、ムギさん、ごゆっくりどうぞ」と、私たちに頭を下げると、紫色《むらさきいろ》の暖簾《のれん》の奥《おく》へと戻《もど》っていったのだった。

暖簾《のれん》

「――ってことで、おまえら、わかったかぁ？」

キヨの説明が早口だったので、私は理解しきれず、「ええっと、待って。もう一回いい？」と、お願いをしようとしたところで、横からナリタクが「だからつまりこういうことだろ？」と、キヨの説明をまとめた。

「ここは、源泉かけ流しがウリの、中学生専門の湯治場《とうじば》。全国の中学校にある第二保健室の床下《ゆかした》からつながっている。この入館証に書かれている有効期限内だったら、いつでも好きなときに来ることができる。ただし、第二保健室が開いているとき限定。それと一日一回五十分まで」

「そそ、そーいうこと」と、キヨがうなずく。

「で、そんな夢のような場所には、ふたつの規則が存在する。

規則その一、紫色《むらさきいろ》の暖簾《のれん》は、けっしてのぞいてはならない。

規則その二、かねやま本館の話を、元の世界でしてはならない。


これを破ったら、もう二度とここへは来られないばかりか、ここでの記憶《きおく》をすべて失うというペナルティーあり――、ここまで合ってる？」

「合ってる合ってる」とキヨ。

「ん。それで、ここの温泉には、変わった効能がある。自分の悩《なや》んでいることとか気にしていること、本当の気持ちが湯気になって現れる、心を癒《い》やす不思議な温泉。簡単にまとめるとそういうこと？」

「そういうこと！」キヨがコクコクうなずいた。

「なるほど。そういうことかぁ……！」

ナリタクの説明に、私が感心してそうつぶやくと、「いや、どういうことだよ！」と、ナリタクが顔をしかめたので、私は「へ？」と、驚《おどろ》いた。

「自分で説明してたのに、わからないの……？」

「わかるわけないだろ！　こんなわけわかんない話！　おまえ、よくすんなり納得《なっとく》できるよな。逆にすごいわ、超単純《ちょう》」

その言い方。少しムッとしたけれど、私は黙《だま》って下を向いた。小夜子《さよこ》さんにはデレデレしていたくせに、私のことは最初からばかにしたような態度。人によって態度を変えるタイプなんだ、きっと。

横からキヨが、「おいっ、そんな言い方すんじゃねぇっ！」と、ナリタクの腰《こし》をポカッと殴《なぐ》った。

「いってぇ。本気で殴ってくるなよ、チビ」

キヨの顔が、かああっと赤くなった。坊主頭《ぼうずあたま》のてっぺんから、プシューッと蒸気が出そうなほど。あ……、もしかしていちばん言われたくない言葉だったんじゃないの？「チビ」って。

キヨは、ぷっくりした両手を握《にぎ》りしめて、ナリタクに声をあげた。

「かあああ！　チビってなんだ、チビって！　おまえのほうが、よっぽどクソガキのくせにっ！」

「いやいや、どう見たってクソガキはそっちでしょ」

「はーっ!?　なんつぅ生意気なヤロウだ！　いっちょやっつけてやる！」

「やれるもんならどうぞ」

「きーっ！！！！」

真っ赤な顔をしたキヨが、ナリタクに殴《なぐ》りかかろうとしたので、私はあわてて後ろからキヨを押《お》さえた。

「キヨ。私、大丈夫《だいじょうぶ》だから、気にしてないから、ね、落ちついて」

「こいつ、調子こいてムギにあんな言い方してよぉ、オレ腹たつんだっ」

ナリタクが余裕《よゆう》の顔で、「来いよ」と、両手の指先をクイクイッと自分に向けている。

もう、小さい子に対してなんて態度。完全にあおっている。

「ああ～、このヤロウ～～～っ！！」

案の定、私の腕《うで》の中でキヨがジタバタして怒《おこ》った。私はキヨの気をそらそうと、女湯の暖簾《のれん》のほうへ、体をくるりと向けた。

「あ、そうだ。私、寒いから、さっそく温泉入りたいなぁ。あそこが入り口なんだよね？」

実際、雨に濡《ぬ》れたせいで、すっかり冷えている。温泉があるのであれば、ぜひ浸《つ》かりたかった。

キヨはハッとしたように、少し体の力を抜《ぬ》くと、

「ああっ！　そうだそうだった。ムギ、早く入らねぇと時間なくなんぞ。この奥《おく》にな、五色の暖簾《のれん》があんだ。入館証の裏側に、今日呼ばれているお湯の色が塗《ぬ》ってあっから、それと同じ色の暖簾をくぐんだぞ。あ！　あと手ぬぐい。第二保健室でもらったろ？　あれをお湯に浸《つ》けると、温泉の効能がわかるからよぉ」

「りょーかーい」と、ナリタクがそそくさと男湯の暖簾に向かっていく。

「あっ！　このヤロ、おまえはまだ話が終わってないっ」

キヨがそう言ったときには、もうとっくにナリタクは暖簾をくぐって行ってしまった。

「まあああ……。ね、落ちついて」

鼻の穴をふくらませ、わなわなと震《ふる》えるキヨをなだめてから、私は女湯の暖簾をくぐったのだった。


キヨが言ったとおり、女湯の暖簾の奥には、五色の暖簾が並んでいた。どれも、少しくすんだ渋《しぶ》い色合い。

どの色が、私が呼ばれている温泉なんだろう。ドキドキしながら、入館証を裏側にひっくりかえした。

そこは、一面濃《こ》い赤茶色に染められていた。真ん中には**【錆色《さびいろ》】**と、白い文字で書かれている。

「錆……」

頭の中に、姉が置いていった自転車が浮《う》かんだ。持ち主不在の自転車は、いつの間にか車輪の中心が茶色く錆《さ》びている。ちょうど、こんな色。

(ここの温泉には、変わった効能がある。自分の悩《なや》んでいることとか気にしていること、本当の気持ちが湯気になって現れる、心を癒《い》やす不思議な温泉)

「気にしていること、か……」

姉のことはずっとずっと気になっている。だけど、姉の話をすると、「あいつの話をするな！　勝手に家を出ていったんだから、心配なんてしなくていいんだ！」と父の機嫌《きげん》が悪くなる。しょうがないから、私は父にバレないように、いつもこっそり姉に電話をしなければならない。

私の心配をよそに、姉は、電話口ではいつも元気だった。アルバイトを転々としながらも、ちゃんと住む場所もあるし、ごはんも食べているよ、と言っていた。でも、「いつ帰ってくるの?」という私の問いには、「そのうちね」としか答えない。

「意地はってないで、早く帰ってきなさいよ」

母も、ちょこちょこ、父にはないしょで姉に電話をかけている。だけど、電話を切った後に、「ほんと、夏穂《かほ》も頑固《がんこ》よねぇ。お父さんそっくり……」と、毎回肩《かた》を落とすのだった。

結局、姉は帰ってこないまま。持ち主不在の姉の自転車は、どんどん錆《さ》びていく。

「はぁ……」

私は**【錆色】**の暖簾《のれん》をくぐった。

錆《さび》色《いろ》の湯

中は、こぢんまりした脱衣所《だついじょ》だった。
正面に格子《こうし》の引き戸があり、右側にはふたりがけの鏡台、手前には赤いレトロな扇風機《せんぷうき》が一台。その横に、小さな時計台のような体重計が置いてあった。いったいいつの時代のなんだろう、こんな形、見たことがない。目盛りの部分をのぞきこむと、キログラムではなく、「貫《かん》」という単位で書かれている。どっしりとしたフォルムといい、ずいぶんと歴史がありそうだ。でも少しも汚《よご》れていないから、わざと旧式のデザインで作っただけで、新しいものなのかもしれない。
備えつけの棚《たな》の上段に、きれいにたたまれた白いバスタオルと、空色の甚平《じんべい》が上下セットで並べられていた。横には、「ご自由にお使いください」と書かれた張り紙。
制服が濡《ぬ》れてしまったからどうしようかと思っていたけど、そうか、とりあえずこれを借りればいいのか。

安心して、棚《たな》の下段にあったカゴに、脱《ぬ》いだ制服をたたんで入れた。その上に、はずした眼鏡もちょこんとのせる。眼鏡がないと視界がぼやけるけど、かけていたところで湯気で眼鏡がくもってしまうから同じことだ。

さあ、ひとまず体を温めよう。数歩歩いて、あ、と思いだす。

そういえば、今さっき、温泉の効能を知るために手ぬぐいが必要だって、キヨが言ってたんだった。

あわててたたんだ制服のポケットから、白い手ぬぐいを引っぱりだした。雨に濡《ぬ》れて、ぐっしょりしている。第二保健室で、銀山《かねやま》先生から渡《わた》された手ぬぐい。これが、まさか温泉で使うものだったとは。

手ぬぐいを手に持ち、夢でも見ているような気分で、格子《こうし》の引き戸にそっと手をかける。カラカラ……と軽い音をたてて、引き戸は簡単に開いた。

「わぁ……」

夜の闇《やみ》の中。そこは、露天風呂《ろてんぶろ》だった。

巨大《きょだい》な傘《かさ》のような丸い木製の屋根。その下にあるのは、数字の「8」みたいな形をした、白いタイル張りの湯船。そこから、暖簾《のれん》の色と同じ、濃《こ》い赤茶色のお湯がひたひたと静かにあふれ出ている。

屋根の内側に、小さな裸電球《はだかでんきゅう》がいくつもぶらさがっていた。それが、赤茶けたお湯に映りこんで、光の水玉模様を作っている。そこから立ちのぼる温かそうな白い湯気。硫黄《いおう》の臭《にお》い。

「すごい……」

なにひとつ不自然なものはない。なのにどうしてだか、現実のものとは思えなかった。あまりにも幻想的《げんそうてき》で。あまりにも美しすぎて。

うっとりしてすぐに、冷気にぶるっと体を震《ふる》わせた。二《に》の腕《うで》をこすると、信じられないくらい冷えきっている。

これはもう、一刻も早く温まりたい。

つま先立ちでトトトト……と、小走りで湯船へと向かった。雨はさっきよりも、ずっと小降りになってはいるけれど、それでも体にあたると冷たくて震える。

湯船のへりにヒノキの桶《おけ》が置いてあった。私は手ぬぐいをそこに置き、代わりに桶を手にとった。それでお湯をすくいとり、まず足先に。

ジャバーッ。お湯が足《あし》の甲《こう》にあたって、石張りの地面に流れていく。

「あったかぁい……」

冷えきった足先の血管が、じゅわわわ、と広がる感じ。私はもう一度、桶《おけ》でお湯をすくいとり、肩《かた》からジャーッとかけると、今度はすぐに左足からお湯の中へとすべりこんだ。

「ふぁぁぁぁ……」

どぷっと肩まで浸《つ》かる。はわぁぁ。ほどよい熱さが体中に染《し》みわたっていく。あまりにも気持ちがよくて、もうぞわぞわした。体をゆっくりと、お湯の中で伸《の》ばす。

「ん……?」

ふと、足裏にどろっとしたものが触《ふ》れた。なにかと思って手を底に伸ばし、沈殿《ちんでん》しているものをすくい上げると、それは、赤茶けた泥《どろ》の塊《かたまり》。

「なんだろう」

指先でこねるように触《さわ》ってみると、ざらざらしている。おそるおそる鼻を近づけると、錆《さ》びた鉄の臭《にお》いがした。

「鉄……?」

ああ、もしかして「錆色の湯」って、本物の鉄の成分でできている温泉なのかな……。

そのとき、ごうっと冷たい風が通《とお》り抜《ぬ》けた。思わず驚《おどろ》いて、手の中の泥《どろ》をパチャッとお湯の中に落としてしまった。

頭上で、いくつもの裸電球《はだかでんきゅう》がカシャンカシャンと、踊《おど》るように揺《ゆ》れている。同時に、湯面に映りこんだ光の玉も、ちろちろと揺れた。

「………」

ここはいったい、なんなんだろう。これは現実に、起きていることなんだろうか。

楽しげに揺れる電球をぼんやり見つめていたら、足裏に、今度はポコッと空気のふくらみを感じた。

「え？」

驚いて下を向くと、ボコボコボコッと小さなあぶくが、湯面に向かって次々と浮《う》きあがってくる。たくさんのあぶくは、湯面までくるとひとつの大きな泡《あわ》の塊《かたまり》になった。横長にぷくーっと風船のようにふくらみ、突然、ぱちんと割れた。すると今度は、そこからジュワッと、黒い湯気が立ちのぼっていく。

「え、え、なに？」

目を見開いてかたまっている私の前で、黒い湯気はどんどん濃《こ》く大きくなる。そして、それは徐々《じょじょ》に「人の形」に姿を変えていった。

私は、バクバクと打つ胸を押《お》さえながら、ごくんと唾《つば》を飲んだ。

黒い湯気から現れたのは……、

「わ、私？」

ぼやけて透《す》けてはいるけれど、それは私自身だった。それもひとりじゃない、ふたりいる。制服を着たふたりの私が、向きあって立っている——。

「右側の私」が、唇《くちびる》をかんで「左側の私」をにらみつけている。それを見て、「左側の私」が、首を振《ふ》りながら、「右側の私」の頬《ほお》を両手で包みこむ。しばらく、「右側の私」は抵抗《ていこう》する。はなして、はなして、と体をよじる。でも結局、だらんと力を抜《ぬ》いて、「左側の私」の顔を生気の抜けた瞳《ひとみ》で、ぼうっと見つめる。

そして、ふたりがゆっくりとこっちを向いた。どちらも同じように、にこにこと、不自然な笑顔《えがお》を浮《う》かべて。

顔から血の気が失《う》せていくのが、自分でもわかった。さあああっと、全身に鳥肌《とりはだ》が立つ。あまりの恐怖《きょうふ》に、後ずさりすることすらできない。かたまったまま、目の前の、黒いふたりの私から目が離《はな》せない。

また、強い風が吹《ふ》きぬけた。カシャンカシャン。裸電球《はだかでんきゅう》が揺《ゆ》れる。

「あっ……」

一瞬《いっしゅん》にして――本当に一瞬の間に、目の前の黒い湯気は消え去っていた。

なに、これ。なにこれなにこれなにこれなにこれ。

がたがたと震《ふる》えながら、湯船からはいでようとした私の視界に、さっき置いた白い手ぬぐいが飛びこんできた。

(手ぬぐい。第二保健室でもらったろ? あれをお湯に浸《つ》けると、温泉の効能がわかるからよぉ)

キヨの言葉がよみがえる。……そうだ。ここは心に効く温泉なんだった。ということは、さっきの湯気は、私の心――?

急いで手ぬぐいをつかみとり、ジャポンッとお湯に浸《ひた》した。早く効能が知りたくて、お湯の中で洗うようにゴシゴシこする。赤茶色のにごったお湯の中で、手ぬぐいにはなんの変化もない。どうすれば効能がわかるんだろう。手ぬぐいを引きあげて、湯船のへりに広げて置いてみた。

「あ……」

最初は見まちがいかと思った。でも、何度か瞬《まばた》きすると、そのたびに確実に、赤茶色の文字が濃《こ》く浮《う》かびあがってくる。

錆色の湯　効能：還《かえ》る

「かえ、る……？」

どういう意味？　さっきの黒い湯気といい、わからない。なにもかもわからない。

手ぬぐいをぐしゃっとつかみあげると、湯船から急いではいだした。

怖《こわ》い。怖い怖い怖い。意味がわからない。

きっと、すごく青白い顔をしていたと思う。幽霊《ゆうれい》にでも会ったような気持ちで、震《ふる》えながら脱衣所《だついじょ》へと走った。

戻《もど》ると、カゴには制服がなくなっていた。きちんとたたんで入れたはずなのに、中には、入館証と眼鏡だけがぽつんと置いてある。

「なんで、どうして？」

もう泣きそうになりながら、「ご自由にお使いください」の棚《たな》にある、新品の下着セットの袋《ふくろ》を開けた。横にある空色の甚平《じんべい》に袖《そで》を通し、眼鏡をかける。

こんな場所、来るんじゃなかった。

入館証を握《にぎ》りしめると、逃《に》げだすように**【錆色】**の暖簾《のれん》を出た。そのまま脇目《わきめ》も振《ふ》らずに、女湯の暖簾をくぐり出る。

天井《てんじょう》の高い広間に出ると、少しだけほっとした。少しずつ呼吸を落ちつけていく。

そのとき、横の男湯の暖簾から、「ひゃあああああ」という叫《さけ》び声《ごえ》とともに、ナリタクが飛びだしてきた。かん高い声にビクッとして、落ちつきだした私の心臓が、またバクバクッと速くなる。

青白い顔で、肩《かた》で息をしながら目を見開いているナリタク。その手に握られていた濡《ぬ》れた手ぬぐいから、赤茶色の文字がうっすら見えた。全部の文字が見えるわけではない。だけど、効能だけは読むことができる。

そこには、「**還《かえ》る**」の文字。

——同じ、なの？

ごくん、と私は唾《つば》を飲みこみ、自分の右手に握られている入館証の裏側をもう一度しっかりと見つめる。

一面、濃《こ》い赤茶色に染められた木の板。真ん中に浮《う》かびあがっている、**【錆色】**の文字。

視線を感じて、ハッと顔を上げると、ナリタクが、私の手元——入館証の文字をのぞきこんでいた。思いっきり、顔をしかめて。

同じ色

俺《おれ》は今、橙色《だいだいいろ》の暖簾《のれん》の奥《おく》、十畳《じょう》ほどの和室で水を飲んでいる。

横長の低いテーブルが、奥と手前にひとつずつあって、それをかこむように色とりどりの丸い座布団《ざぶとん》が置いてある。正面奥の、丸くくり抜《ぬ》かれた大きな窓の横にムギが座《すわ》り、俺は、キヨに指示されてその向かい側に座っている。

「喉《のど》かわいただろ、ほれ」

ぶすっとした顔で、キヨが俺に水の入ったグラスを差しだしてきた。

「……おお」

「おお、じゃねぇっ！　ありがとうだろ、ありがとう！」

「はいはい、サンキュ」

赤い顔をしたキヨから、俺はサッとグラスを受けとった。キンキンに冷えたグラスに、

「冷たっ」と文句を言いながらも、あまりにもおいしくてぐびぐびと一気飲み。

キヨが、ふくれた顔をしながら、ムギの隣《となり》にぽすっとあぐらをかいて座《すわ》った。ムギが、口元をほころばせながら、キヨの坊主頭《ぼうずあたま》をそっとなでた。

俺《おれ》はグラス越《ご》しに、そんなムギを見ながら思う。どう考えても、俺とこいつに共通点なんかないだろ。こっちは学校で、誰《だれ》もがうらやむ「ナリタク」だよ？　あっちはどう見ても、卒業したら「そんな子いたっけ？」って、印象にも残らないタイプじゃん。

なのになんで、同じ色のお湯に呼ばれるんだよ。どういうことだよ、それ。

「勘弁《かんべん》してくれよ……」

俺は、空のグラスを乱暴にテーブルに置いた。

ムギが、ちろりとこっちに視線を向ける。目が合ったので、俺は「なんだよ？」と、目を細める。ムギが困ったように視線をそらした。

さっきは、黒い湯気にビビって、また女子っぽい叫《さけ》び声《ごえ》をあげてしまった。あれを、この子に聞かれたかと思うと情けない。あまりにも情けなすぎて、めちゃくちゃ勝手だけどイライラしてしまう。

それにしても、あの黒い湯気。

ついさっきの不気味な温泉を思いだし、俺《おれ》は前髪《まえがみ》をかきあげながらため息をついた。

俺が呼ばれた、**【錆色《さびいろ》】**の温泉。小さな露天風呂《ろてんぶろ》は、赤茶色のお湯で満たされていた。そこに体を浸《ひた》したとたん、お湯から湧《わ》きあがった黒い湯気。

そこには、俺がふたりいた。あ、本物の俺を入れると三人か。ややこしいな。つまり、湯気の中に、俺と同じ顔をした男が、ふたり。お互《たが》いに向きあうように立っていたのだ。

それだけでもじゅうぶん「勘弁《かんべん》してよレベル」で気持ちが悪いのだが、さらに不気味なことに、「向かって右側の俺」は後頭部に寝癖《ねぐせ》がついていて、パジャマを着ている。ぼけっとした顔をして、頬《ほお》には絵の具までつけている。つまり、めちゃくちゃさえない。ものすごくダサい。

で、「向かって左側の俺」が、そんな「右側の俺」の寝癖を直し、指で頬の絵の具をふき取る。仕上げに「シャキッとしろ」と言わんばかりに、パンッと両頬をたたいた。

最後に、ふたりがゆっくりとこちらを向いた。ちょっと上目づかいのキメ顔で、同じように髪をかきあげて、ハハッと白い歯を見せて笑ったのだ……。

思いだしただけで、ぶるっと悪寒《おかん》が走る。

手ぬぐいを浸して判明した効能は「**還《かえ》る**」だった。還元《かんげん》の「還」だから、元に戻《もど》る、とか、ひとめぐりする、みたいな意味なんだろうけど。

「なあ、キヨ」

「あ?」と、キヨが不機嫌《ふきげん》そうに返事をする。

「あの温泉の効能って、なんなわけ?」

俺《おれ》がそうたずねると、ムギも背筋を伸《の》ばして聞く姿勢をとった。私も知りたい、と目が訴《うった》えている。

キヨが坊主頭《ぼうずあたま》をぽりぽりとかきながら、

「だからぁ、本当の心が、湯気になって湧《わ》きあがるって言ったろ? つまりそーゆーこと! オレにはうまく説明できねぇからよ、悪《わ》りぃけどあとは小夜子《さよこ》さんに聞いてくれ」

そのとき、背後から甘《あま》い花の香りがふわりと漂《ただよ》ってきた。振《ふ》りむくと、小夜子さんが立っていた。

「呼びました?」

白いおにぎりをのせたお皿を持って、おだやかな微笑《ほほえ》みを浮《う》かべている。

ははぁ。やっぱとてつもない美人だわ! クゥ~、たまんねぇ~! 思わずまた見入ってしまって、「だらしねぇ顔すんなよ」と、横からキヨにツッコまれてしまった。

「おなか、すきましたでしょう？　さあ、みんなでいただきましょう」

「わぁ、おいしそうなおにぎりですね。ご準備くださってありがとうございます」

ちょっと目元に力を入れて、二重幅《ふたえはば》を強調しながらそう言った俺《おれ》に、キヨが冷ややかな視線を向けてきたけど、そこは無視しよう。

俺が最初におにぎりに手を伸《の》ばした。続いてムギも「いただきます」と、小夜子さんに会釈《えしゃく》してから手にとる。

俺は、何気なくひとくち食べて、

「ん!?」

思わず驚《おどろ》いて、ケホケホむせてしまった。

俺の背中を、小夜子さんが「まあまあ」と言いながらさすってくれた。向かい側でキヨが「ざまあみろ。身から出たサビ」と、ひひんと勝ちほこった顔をしてやがる。

それにしても、な、なんだ、なんだ、このおにぎり。グラスの水を流しこみ、やっと落ちついたところで、俺は小夜子さんの顔を見た。

「めちゃくちゃうまいんですけど、なんなんですか、これ！」

俺の向かい側で、ムギもコクコクと激しくうなずいている。

ふふふっと小夜子さんが、笑った。キヨが、クイッと首をひねり、歌舞伎《かぶき》の決めポーズみたいに両手を広げ、

「これぞ、かねやま本館名物、小夜子さんの塩おにぎりでいっ！」

そう言うと、「うっめ～だろ～？」と自慢《じまん》げにニヤリと笑った。

そのドヤ顔には、ちょっとイラッとするが、いや、たしかにおにぎりは、とんでもなくおいしい。具もなにもない、ただの塩おにぎりなのに、なんでこんなに甘《あま》いんだ？　口の中でほどける感じといい、こんなおにぎり、今まで食べたことがない。

「うまい……」

そうとしか言えない。うまい。うますぎる。

キヨは満足げに「そうだろうそうだろう」とうなずくと、

「あ、そうだ小夜子さん。こいつがよぉ、錆色の効能のこと、聞きたいんだって」

指をさされた俺《おれ》は、知識があるところを小夜子さんに見せつけたくて、横から割って入った。

「字から推測すると、元に戻《もど》る、とかひとめぐりする、みたいなことですよね？」

小夜子さんが、「そうですね、そういう意味です」と、うなずいた。

「あの温泉には、鉄が入っているんです」

「鉄？　ああ、だから茶色かったのか」

「そう。鉄分が溶《と》けている温泉なんです」

「でも、それと効能に、なんの関係が？」

俺《おれ》と小夜子さんの会話を、向かい側からムギが真剣《しんけん》な眼差《まなざ》しで聞いている。

「鉄が錆《さ》びると、人は嫌《いや》がりますよね。もろくなるとか、見た目が悪いという理由で」

「まあ……そうですね。錆びるのが好きって人はあんまいないですよね、きっと」

「でも」と、小夜子さんは続けた。

「もともと、鉄は鉄鉱石なんです。つまり、錆びている状態こそ、本来の姿なんです。加工された鉄が、ただ、元の自然な状態に戻《もど》ろうとすることを、錆びる、と人は言うんです」

「え……」

自然な状態に戻ろうとする。それが、錆びる、ということ。

「無理をしないで、肩《かた》の力を抜《ぬ》く。自然な状態に還《かえ》ること。それが、錆色の湯の効能です。錆びていいんです。かっこよくなくても、いつも笑顔《えがお》じゃなくても、そのままのあなたで、いいんですよ。そう、お湯が言っているんです」

無理をしないで、自然な状態に、還《かえ》る……。さっきの、黒い湯気のふたりの俺《おれ》が、頭の中に浮《う》かんだ。

寝癖《ねぐせ》なんか直せ、顔もちゃんと洗え。しっかりしろ。ちゃんとしろ。どんなときも、「イケてるナリタク」であれ。

他の誰《だれ》でもない、そう自分に命じているのは、俺自身――?

まあたしかに、俺は無理している。「ナリタク」のイメージを守ろうと、常に必死なことは認める。だとしても、俺は、絶対に錆《さ》びたくない。いくら本来の姿だとしても、錆びるのなんて嫌《いや》だ。無理してでも、自分に命じてでも、「イケてる自分」でいたい。錆止《さびど》めスプレーを全身に吹《ふ》きつけてでも!

そうやってかたくなに思っているからこそ、錆色の湯に呼ばれたんだろうな。そう思ってまたゾクッとした。そもそもなんでお見通しなんだよ、わけわかんない温泉なんかに。

小夜子さんの言葉を聞いて、ムギもじっとなにかを考えているようだった。テーブルの一点を見つめながら眉間《みけん》にシワを寄せている。

あ~あ、眉毛《まゆげ》も整えていないし、髪《かみ》だって、ただ黒いゴムでひとつに縛《しば》っただけ。地味。もうこれでもかってくらい、とにかく地味。俺とはあきらかにタイプが違《ちが》う。あっちはどう見ても自然そのもの、本来の姿百パーセントって感じでしょうが。なのになんで、同じ効能？　こう見えて、こいつもどこか背伸《せの》びしてるってことなのか？

「あ、すまん！　言い忘れてた！」

急に、キヨが手をポンとたたいた。

「入館証に、ここにいられる残り時間が書いてあんだ。あとどれくらいかは、それ見て確《かく》認《にん》してくれ。タイマーになってんだ」

「タイマー？」

言われるままに甚平《じんべい》のポケットから入館証を取りだして見ると、なるほど、たしかに最初は【五十分】と記載《きさい》されていたところが【二分】まで減っている。

「すご。どうなってんだ、これ。ちゃんと時間減るんだ」

「まあな」

キヨが、へへんと鼻をこする。その横で、ムギが、入館証をまじまじと見つめながら、

「すごいねぇ、不思議。でも、それってもう二分しかここにいられないってことだよね？　時間切れになったらどうなるの？　あのハシゴを、今度は上る……の？」

「いや、帰りはもっと簡単だ。時間がきたらわかる」

「へぇ……。なんかドキドキするね」

「っていうかさ」と、俺《おれ》はキヨにため息をついた。

「そういうことは、ちゃんと最初に言っといてくれよ」

「だから、すまんって謝《あやま》っただろうがよっ！」

キヨが、くわっと目をひんむいて、テーブルをたたいたそのとき。

ゴォォォォォオン

窓の外、森の奥《おく》から除夜《じょや》の鐘《かね》のような音が響《ひび》いてきた。

「え？」

ぱち、と瞬《まばた》きした瞬間《しゅんかん》、俺はベッドの上に横になっていた。

「おかえり」

銀山《かねやま》先生が、ニタリと例の八重歯を丸見えにして、俺の顔をのぞきこんでいる。

俺は、あわてて体を起こし、まわりをキョロキョロと見渡《みわた》した。灰色の天井《てんじょう》。真っ白のカーテン。ワックスのかかったフローリング。

第二保健室に、戻《もど》ってきている……？

「なんで……？」

「鐘《かね》が鳴ったら時間切れ。帰りは一瞬《いっしゅん》でここへ戻る」

「え、そうなの？　キヨのやつ、そんなこと一言も言ってなかったけど……」

「まあまあ。それよりもう五時だよ。早く帰らないとマズイんじゃないかい？」

「ご、五時ぃ!?」

先生専用の机に置かれた四角い電波時計が、【PM5：01】と黒い文字で点滅《てんめつ》している。

「やっぱ、塾《じゅく》始まってんじゃん」

ベッドの下に置いてあったリュックサックを大あわてでつかみ、俺《おれ》はつんのめるように第二保健室のドアから外へ飛びだした。

「ああ、ああ～、転ぶよ」

銀山先生が、まったくもう危ないねぇ、と背後で言っているのが聞こえたけれど、そんなことより一刻も早く、塾に行かなくては！　サボったなんてバレたら、親父《おやじ》になんて言われるか。

「あっ」

とたん、にごったプールが視界に広がった。そうだ、ここはプールサイドだった。そして、俺《おれ》が今いた場所は――、

ハッと振《ふ》りむくと、そこはもう、「第二保健室」ではなかった。

【男子更衣室《こういしつ》】と書かれた無機質なドアが、西日を浴びて長方形の輪郭《りんかく》が際立《きわだ》って見える。ドアノブの部分、根元のあたりが茶色く錆《さ》びていた。

俺はそれをほんの一、二秒見つめたあと、ハッとして、全速力で塾《じゅく》へと向かった。

駅前で、菜々実《ななみ》が言っていた絵描《えか》きのオジサンが、青いビニールシートの上に、絵を並べているのが視界に入ったが、急いでいたので、ろくに見ることもなく横を走《はし》り抜《ぬ》けた。

当然、塾の授業は始まっていた。俺は、頭を下げながら遠慮《えんりょ》がちに教室へ入る。

いつもだったら菜々実の隣《となり》に座《すわ》るのだが、今日は席が埋《う》まっていたので、いちばん後ろの席に座った。前方に座っていた菜々実が、ドアを開けた音に反応して、一瞬《いっしゅん》ちらりとこっちを向いて「あ」という顔をした。数学の先生は、遅《おく》れて来た俺に動じることなく、ホワイトボードに数式を書き連ねている。

急いでテキストとノート、ペンケースを机に出して姿勢を正した。いつもだったらすぐに集中できるのに、さすがに気持ちが落ちつかない。とりあえず呼吸を整えて、額の汗《あせ》を手《て》の甲《こう》でぬぐう。

よし、落ちつこう。落ちついて、考えよう。さて。俺《おれ》が今見てきたものは、行ってきたところは、なんだった？　あれは、いったい、なんだったんだ？

「はい、これ、解ける人～？」

先生が、トンッとマーカーでホワイトボードの数式をたたく。

「来て早々だけど、いけるか成増《なります》」

そう言って先生が俺にマーカーを向けた。

「や、わかりません」

食い気味に、そう答えてしまった。いつもなら、この程度の数式なら簡単に解くはずの俺の答えに、先生が少し間をおいて、「まあ来たばっかりだからな」と、笑った。

そう。来たばっかりだ。なにもわからない。でもそれは、数式のことじゃなく、「かねやま本館」のこと。

「なあ。外、雨降ってんの？」

隣《となり》の席の男子が小声で俺《おれ》にたずねてきた。

「え？　いや、降ってないけど。なんで？」

「髪《かみ》、濡《ぬ》れてるから。なんだ汗《あせ》か」

「ああ……、走ってきたからかな」

自分の頭に手を伸《の》ばすと、たしかに毛先がしっとり濡れていた。いくら走ったとはいえ、俺はそこまで汗っかきではない。これは、やっぱりあの温泉に浸《つ》かったせいだ。

——あ。急に思いだして、ズボンのポケットに手を入れた。指先に触《ふ》れる、薄《うす》い木の板。ポケットを広げ、上からのぞきこんだ。

ある。ちゃんと、入館証が入っている。夢でも幻《まぼろし》でもなかったんだ……。

俺は、ポケットの上からそっと手を押《お》しあてて、ふう、と息を吐《は》いた。

これから何度も行けば、解けるのだろうか？　あの場所がなんなのか、あそこの人たちは何者なのか。

その謎《なぞ》の、答えが。

芋煮会《いもにかい》

あの場所は、なんだったんだろう。

自分の本心が見透《みす》かされているみたいで、怖《こわ》かった、あの不思議な温泉。黒い湯気から出てきたふたりの私。

「本当は怒《おこ》っている私」を、「笑いなさい、笑いなさい」って、もうひとりの私が命じていた。

（錆《さ》びていいんです。かっこよくなくても、いつも笑顔《えがお》じゃなくても、そのままのあなたで、いいんですよ。そう、お湯が言っているんです）

小夜子《さよこ》さんの言葉が、元の世界に戻《もど》ってからも、何度も何度も思い起こされる。

いつも笑顔じゃなくていい？　本当に？　本当にそれでもいいの？

小夜子さんはきっと、「いいんです」と答える気がした。どこまでも優《やさ》しい笑顔のまま、「安心して、錆《さ》びてください」と。

だけど、私にはそんな勇気はない。私が笑顔《えがお》じゃなくなったら、心の声をそのまま外に出してしまったら、きっとみんなを怒《おこ》らせて、波風がたって、元には戻《もど》れなくなってしまう。私はそれが嫌《いや》で、それだけは避《さ》けたくて、だから笑顔でいようと決めたんだ。他の誰《だれ》でもない、自分のために。

ああ、でも……、と、私は小夜子さんとキヨの顔を、交互《こうご》に思《おも》い浮《う》かべた。

やっぱりまた、あの場所へ行きたい。美しく温かい小夜子さんと、愛くるしいキヨにどうしてもまた会いたい。あの場所で、のんびり休みたい。たとえ元の世界では、錆びる勇気がなくても、せめてあの場所では、なにも考えずに錆びてみたい……。

そうして、私は翌日も、その次の日も、「かねやま本館」に足を運んだのだった。

今日で、私が「かねやま本館」に来るのは、四回目。

それにしても、なんでなんだろう。毎回、この人と会ってしまうのは……。

私は、ナリタクの濡《ぬ》れたワイシャツの背中を見ながら、眉根《まゆね》を寄せた。初回にナリタクに会って、「苦手」と思ってしまった印象はどうしてもぬぐえず、あえて時間をずらしてきた二回目も、三回目も、どうしてだか、クスノキの出口を出たとたん、ナリタクに会ってしまう。そのたびに、「またおまえかよ」という顔をされるけど、別に、こっちだって好きで同じタイミングで来ているわけじゃないんだけどなぁ。困ってしまう。

私はナリタクが先に飛び石を進むのを、少し待ってから自分も歩きだした。

床下《ゆかした》の世界は、どんな時間に行っても「夜」で、雨が降っている。今日も、見事などしゃ降り。

最初の日こそ、キヨが傘《かさ》を持ってきてくれたけど、それ以降はお迎《むか》えはない。他にも中学生は入《い》れ替《か》わり立《た》ち替《か》わりやってくるから、キヨも結構忙《いそが》しいようだ。

そういえば、初日に元の世界へ戻《もど》っていちばん驚《おどろ》いたのは、ナリタクの住んでいる場所が思いだせないことだった。

今、ここにいる間は思いだせる。東京の港区《みなとく》、稜港《りょうこう》中学校の生徒だってこと。だけど、元の世界に戻ったとたんに、そういう情報が全部すっぽりと記憶《きおく》から抜《ぬ》け落《お》ちてしまうのだ。あれには、ものすごく驚いた。私、どうしちゃったんだろうって、不安にもなった。

二回目に小夜子さんに聞いてみたところ、「お互《たが》いの細かい情報は思いだせなくなる。そういう仕組みになっている」ということだった。それってつまり、元の世界では、約束したりして簡単に会うことができない、ということ。

それを聞いて、なんだか複雑な気持ちだった。そうか、だったら仲良くなっても意味がないのか。それってなんか、ちょっとさみしい。

もうまもなく玄関《げんかん》、というところで、突然《とつぜん》ナリタクが立ちどまった。夜だし、雨で視界がかすんでいたので、私はそれに気づかずにもう少しでぶつかるところだった。

「ちょっ……、どうしたの？」

「なんかやってる」

たしかに、前方がガヤガヤと騒《さわ》がしい。それと同時に、おいしそうな匂《にお》いまで漂《ただよ》ってくる。

いつもは閉まっているガラス戸が、全開になっていた。玄関に腰《こし》かけていたキヨが、私たちに気づいて立ちあがる。

「おお～い、芋煮会《いもにかい》だぞぉ～」

「芋煮ぃ？」

ナリタクが首をかしげた。

芋煮は山形《やまがた》の郷土料理だ。東北つながりで、私の学校の給食でもたまに出るから、もちろん知っている。でも、どうやら東京っ子のナリタクは、芋煮を知らなかったみたいだ。

土間には、小夜子さんとキヨ、それに、空色の甚平《じんべい》を着ている中学生がふたりいた。みんな外のほうを向いて、玄関《げんかん》に腰《こし》かけている。

ひとりは、一度だけ休憩処《きゅうけいどころ》で見たことがある長身のベリーショートの女の子。もうひとりは、はじめて見る、小柄《こがら》な男の子だった。丸顔でマッシュルームのような髪型《かみがた》をしてる。

みんな湯気の立ったお椀《わん》を手に持ち、ふうふうと冷ましながらすすっている。こっちを見ると、女の子は口を閉じながら少しだけ笑ったけれど、男の子は気まずそうに視線を泳がせた。

「ムギさん、ナリタクさん、いらっしゃい。芋煮汁《いもにじる》を作ったので、外の空気を感じながらいただこうかと思って。でもあいにく、外は雨でしょう？　じゃあせめて玄関はどうかなと思って、お鍋《なべ》を持ってきたんです」

小夜子さんの隣《となり》には、大きな黒い鉄鍋が置いてあった。よっぽど熱々なんだろう、白い湯気がほわほわと立ちのぼっている。

「すごくおいしそうですね。ヨダレ出ちゃうな」

ナリタクが、また小夜子さんモードのスイッチを入れた。急に声のトーンが変わるし、言葉遣《ことばづか》いがやけにていねいになる。横でキヨが、「ほんと調子いいやつ……」と、あきれたようにつぶやきながら、ナリタクにジロリと視線を向けた。

「さあ、おふたりともぜひどうぞ。同じ鍋《なべ》をみんなで食べる。これが芋煮《いもに》の醍醐味《だいごみ》です」

小夜子さんが鍋からお椀《わん》に汁《しる》をすくい、ナリタクと私に順番に手渡《てわた》した。

ナリタクが、マッシュルームカットの男の子の横に。ナリタクと女の子の間が空いていたので、私はそこに腰《こし》かけた。私たち四人をはさむように、端《はし》っこに小夜子さん、反対側にキヨが座《すわ》っている。

初めましての子もいるし、まだちっとも親しくないのに、こうやって一列に並ぶと家族みたいでおもしろい。それに、みんなで外を向いていると、まるで映画でも見ているようだった。

開け放った玄関《げんかん》から、灯籠《とうろう》に照らされた濡《ぬ》れた飛び石が見える。その先には、大きなクスノキ。雨はいまだに降りつづいていて、風が吹《ふ》くたびに、ザザーッと、森が揺《ゆ》れる音がした。耳を澄《す》ますと、チリリリリ、ジッジジッジ。虫の音も聞こえる。

開放的な空気に、気持ちが明るくなる。自然と、両足をぶらぶらと揺らしていた。それに気づいた隣《となり》の女の子が、肩《かた》をすくめて笑いながら、私の真似《まね》をして足をぶらつかせた。私たちは目を合わせて、へへへっと、笑った。

手の中のお椀からは、白い湯気。かつお節と、魚の香りがふうわり鼻に漂《ただよ》ってくる。はあぁぁぁ、いい匂《にお》い。

「芋煮汁《いもにじる》」といえば、里芋とネギと牛肉、というイメージだったけど、小夜子さんのは、牛肉の代わりに、干したタラが入っていた。こんな芋煮汁もあるんだ、はじめて知った。

早く食べたくて、私は、ふっふっふっ、高速で息を吹《ふ》きかけた。

「いただきます」

まずは里芋から、箸《はし》の先で割ってひとくち。

「ほほ」

しっかり味が染《し》みこんだ里芋は、やわらかくてほっくほく！　すごい、これ。とんでもなくおいしい。

女の子が、ちらりと私のほうを見て、小さな声で「おいしいよねぇ」と言った。私は声をかけてくれたのがうれしくて、全力で「うん！」とうなずいた。

「あっつぅ！」

ナリタクが急に声をあげた。ボリュームが大きいだけじゃなく、やけに高い声。私は驚《おどろ》いて、ナリタクのほうを向いた。

「だ、大丈夫《だいじょうぶ》？」

「お、俺《おれ》、猫舌《ねこじた》なんだよ！　だから、ちょっとビビっただけだって！」

顔を赤くしたナリタクは、なぜか焦《あせ》ったようにそう言った。なんでそんな、言い訳するみたいに言うんだろう。不思議に思いながらも、

「たしかに熱いよね、火傷《やけど》しないよう気をつけなきゃね」

そう言った私に、ナリタクが急に「へ？」と、キョトンとした顔をした。

「え？」

なになに？　私、なんか変なこと言ったかな？

こっちがキョトンとしてしまう。私が首をかしげると、ナリタクが我に返ったようにハッと視線をそらして、

「っていうか、おまえよく食べられるよな、こんな熱いのに」

「ああ、うん。私、熱いのはわりと大丈夫《だいじょうぶ》なんだ」

「すげぇな。俺は無理、猫舌だから。……そういやおまえ、猫舌の逆、ってなんて言うか知ってる？」

「ううん、知らない」

「ゴリラ舌。なんでもガツガツ食うやつのこと、そーいうらしいよ」

ナリタクはそう言って、ふっと鼻で笑った。私をばかにして言ったのかもしれないけど、はじめて聞く言葉に、「へぇ、そうなんだ」と、まず感心してしまった。

「ほんと、いろんなことよく知ってるんだね。でも、ゴリラかぁ。なんかちょっとやだね。私も猫舌《ねこじた》に変えようかな……」

ナリタクがまた、一瞬《いっしゅん》キョトンとした顔をした。なんだろ、この表情。いちいち、私の発言に驚《おどろ》くみたいに。

少ししてから、ナリタクが、ぷっと笑った。

「……なんだ、それ。変えようと思って変えられるもんじゃないだろ」

今度はばかにしたような笑い方じゃなくて、思わず笑ってしまった、という感じだった。目尻《めじり》にくしゃっとシワがよって、あどけない。変にかっこつけているより、こういうほうがよっぽどいいんじゃないかな。そう思ったけど、もちろん口には出さなかった。

突然《とつぜん》、ナリタクの横から、マッシュルームカットの男の子が顔をひょこっと前に出した。

「……マグマ舌」

「あ？　なんて？」

ナリタクが聞き返すと、男の子は少し顔を赤らめながら、

「ゴリラ舌よりもさらに熱さに強い舌を、そう呼ぶってネットで見たことあります。マグマ舌、って」

「へぇ～！　それは知らなかったわ。マグマって、どんだけ熱いの強いんだよ。そんなやついるのか？」

するとキヨが、「オレ、結構強い。マグマ舌かもしんねぇ」と名乗りでた。

「ほんとかよ～チビ。無理すんなって」

「ナリタクおめぇ、またチビって言ったなぁっ！　見てろよ！　なあ、小夜子さん、入れてみて。いちばんあっついの、やっぱ里芋《さといも》か」

「キヨちゃん、やめて。喉《のど》を火傷《やけど》しますよ」

「だーいじょぶだって。貸してみぃ」

キヨは小夜子さんの手からお玉を奪《うば》いとると、鍋《なべ》から里芋をひとつすくってお椀《わん》に入れた。そして、息を吹《ふ》きかけることもなく、里芋を、そのままぱくりと口に入れた。

「ほ！　ほれ、ふっほいはろ？　ほれは、はっはひ、はふはひは」

口の中で熱々の里芋を転がしながら、涙目《なみだめ》のキヨが自慢《じまん》げになにかを言ったけれど、誰《だれ》も聞きとれない。熱すぎて耐《た》えきれないのか、キヨは立ちあがり、変なダンスを踊《おど》っているように手足をジタバタと動かした。

ぷはっ。私の隣《となり》で女の子が吹《ふ》きだした。

「キヨ～、やめて～、おもしろすぎる～」

それにつられて、私もぶはははっと笑ってしまった。いつの間にか、ナリタクも、マッシュルームの男の子も、小夜子さんまでおなかを抱《かか》えて笑っていた。当のキヨまで、まだ口に里芋《さといも》を入れたまま、真っ赤な顔でげらげら笑っている。

はあ～、もうおかしい。笑いすぎて苦しい。なんでこんなに楽しいんだろう。

ひんやりした外気。ちょうどいい涼《すず》しさ。なのに、芋煮汁《いもにじる》と、あとは爆笑《ばくしょう》した効果で、胃から体のすみずみまで、内側は、ぽぽぽぽって温かさが広がっていく。

やっと笑いが落ちついたところで、小夜子さんが、冷たいお茶を出してくれた。てっきり麦茶かと思ったけど、それはきつね色のお茶だった。よく冷えていて、香《こう》ばしい木の匂《にお》いがする。

「オレのおすすめ、三年番茶だいっ！」

キヨが自慢《じまん》げにそう言った。

「キヨちゃん、このお茶がいちばん好きなんですよね」

小夜子さんがそう言うと、キヨが、にかぁっと笑ってうなずいた。

「いっぱい笑ったあとは、ぜーったい、これがうまいんだよ！」

キヨの言うとおり、それは本当においしいお茶だった。

太陽を思いっきり浴びた、森のエキス。それをぎゅうって凝縮《ぎょうしゅく》したような、そんな味。森の木陰《こかげ》で涼《すず》んでいるような、そんな気持ちになる。

はあぁぁぁ。なんて気分がいいんだろう。全部を味わうように目を閉じて、ふぅぅ、と息を吐《は》いた。とたんに、胸にじゅわ、じゅわ、となにかが広がっていく。その正体はすぐにわかった。これは、幸福感だ。幸せが、私の心に広がっていっているんだ。

私は、目を閉じたまま、それをはっきりと実感していた。じゅわじゅわ。どんどん心の隅《すみ》のほうまで、染《し》みわたっていく。

ああ、どうしよう。私、この場所が、大好きかもしれないなぁ。

森の奥《おく》

「ねぇ、なんで最近いっしょに塾《じゅく》に行かないの？　遅《おく》れて来ること多くなったし」

　学校が終わり、そそくさとプールサイドの「第二保健室」へ向かおうとした俺《おれ》を、昇降《しょうこう》口《ぐち》で菜々実《ななみ》が待ちかまえていた。

「あ、いや、ちょっと用事があってさ」

「絶対うそ。あたしといっしょに塾行くの嫌《いや》なら、はっきりそう言ってよ。別に無理していっしょに行かなくてもいいんだし」

「え？　まさか、そんなわけないって」

「うそだ。絶対避《さ》けてるよ。わざと時間ずらしたりしてさぁ」

　菜々実が、ふてくされたように、ぷうっと頬《ほお》をふくらました。あ～、はいはい。そんな表情してもかわいいことはかわいいです。でも、別に俺、彼氏《かれし》でもないよな？　なのになんでこんな言い方されてるんだ？　おお、ちょっと面倒《めんどう》くさい。早くそこ通らせてくださいよ。

だけど菜々実は腕《うで》を組んだまま、動かない。

はー、まいった。頭をかいていると、下駄箱《げたばこ》の横で、「おっ、ナリタク先生、痴話《ちわ》ゲンカっすか？」と、男子数人がひやかしてきた。あっち行ってろよ、とやつらを手で追いはらい、俺《おれ》は菜々実に向きなおる。

「いや、俺、マジで用事があるだけだから。別にいっしょに行くのが嫌《いや》とかそんなんじゃ……」

「じゃあなんなの？　その用事って」

「それは、その……」

菜々実が、ほらやっぱり、と、唇《くちびる》をかんで俺を見上げる。

「……なんか最近、ナリタクおかしいよ」

「おかしい？」

「ぼんやりしてること多いし、気が抜《ぬ》けてる感じがする。ほら、今日なんか、後ろに寝癖《ねぐせ》までついてるし。前はこんなことなかったじゃん。ナリタクらしくないよ。あたし、心配してるんだからね？」

ええ？　と俺《おれ》は、自分の後頭部に手をあてた。なるほど、たしかに毛先がぴょんと跳《は》ねている。しっかりしてよ、と菜々実が目を細めた。

「とにかく、今日も塾《じゅく》へは遅《おく》れて来るってことだよね？　別にあたしはいいんだけど、あんまり毎日だと、塾から親に連絡《れんらく》いくんじゃない？　気をつけたほうがいいよ。まあ、ナリタクは成績がいいから、問題ないのかもしれないけど」

あたしはいいんだけど、と言いながらも、菜々実はあいかわらず不機嫌《ふきげん》そうに口をとがらせている。

ほほう。そんなに気にしてくれるとは。やっぱり、俺に好意を寄せてくれているようだ。

そう思いながらも、どこか冷静な自分がいた。そりゃあ、うれしくないわけじゃないけど、でも、ちょっと引っかかってしまう。

「ナリタクらしくないよ」という、その言葉。

俺は、ご希望どおり、「ナリタクモード」のスイッチをオンにした。菜々実の顔を少しのぞきこむようにして、爽《さわ》やかな笑顔《えがお》を作る。

「ごめん。でも俺、今日も用事済ませてから行くわ。心配してくれてありがとな」

菜々実は、少しだけ頬《ほお》を染めながら、「別にいいんだけど」と、視線をそらした。後ろで、男子数人が「仲直り、おっけー？」と、横から顔を出した。ヒューヒューはやしたてるやつらに、おまえらまだいたんか、と俺《おれ》は声をはる。

爽《さわ》やかな、人気者の声。自分の声なのに、どこかで録音したものが流れているような、そんな妙《みょう》な気分になった。

たしかに、菜々実の言うとおりだ。俺は、最近おかしい。


菜々実をなんとか先に送りだし、ひやかし集団（もういっそ、こう呼ぶことにする）を散らし、やっとのことでプールサイドの「第二保健室」へ向かった。

銀山《かねやま》先生は「よく来たね」と、もうあたりまえのように俺を迎《むか》え入《い》れ、すんなり床《ゆか》の扉《とびら》を開けてくれる。初日こそ、その容姿に「山姥《やまんば》」を重ねてビビってしまったが、見慣れてしまえば、なんてことない。そこらへんによくいる、単なるオバちゃんだ。まあ、髪《かみ》ぐらいとかせよ、とは思うけど。

「ほいよ」と、銀山先生から手ぬぐいを受けとり、俺はハシゴに足を伸《の》ばした。今日は、菜々実に捕《つか》まったから、いつもより時間がちょっと遅《おそ》い。でもまた、きっとムギに会うんだろうな。俺はそう予感していた。

芋煮会《いもにかい》のとき、俺《おれ》は熱々の芋煮汁《いもにじる》を食べて、思わず「あっつぅ！」と、変な声を出してしまった。あれは、「ナリタク」らしくない、まあなんとも情けない声だった。

でも、ムギは「大丈夫《だいじょうぶ》？」と、俺の舌の心配をしただけで、「なにその声」とも、「ナヨナヨしてる」とも言わなかった。正直、そう言われるだろうと思っていた俺は、驚《おどろ》いた。

でも、ああ、そっか。そもそも、ムギは、学校での「ナリタク」を知らないんだ。だから、別に俺がどんなリアクションをしようと、「らしくない」と思わないのだ。そもそも「らしさ」を知らないのだから。

それに気づいたら、なんだかものすごく、肩《かた》の力が抜《ぬ》けた。かこりって、力が抜けた音がした——ような気がしたくらい。

あ、なんだ。いいのか、別に気をはってなくても、素《す》のままで、って。

初日に小夜子《さよこ》さんの言っていた、「**錆《さ》びていいんです**」という言葉が、やっとしっくりきた。学校では無理でも、そうか、とりあえずここでは「錆びて」いいのか。

以来、ムギとは会うたびに、いろんな話をするようになっていた。俺たちはやっぱり約束しなくても同じ時間に不思議と「かねやま本館」で会ってしまうし、呼ばれる「お湯」の色も、聞いてみると毎回、やっぱり同じなのだった。

ムギは、おもしろいやつだということがわかった。ちょっとトボけているというか、俺《おれ》がイヤミを言っても気づかずに、「へぇ、すごいね」と、逆に感心してきたりする。その独特のゆるいテンポが、妙《みょう》に心地《ここち》よかった。

菜々実といると、「なにしゃべろう」「どんな会話をすれば、イケてるのか」と、頭で考えすぎて、ドッと疲《つか》れてしまう俺が、なんでだか、ムギとは頭で考えなくても会話が続いた。少しもかっこつけないで自然と女子と話せるなんて、いつも気張っている俺にとっては、ものすごく新鮮《しんせん》なことだ。

最初は、「できれば会いたくない」とすら思っていたムギ。だけど、今はちょっと、会うのが楽しみにさえなっている。初日の俺が知ったら、「マジかよ!? あんなさえない女子と!?」と、口をパクつかせて驚《おどろ》くはずだ。

クスノキの出口を抜《ぬ》けると、予想どおり、やっぱりムギが立っていた。

だけど、どうもいつもとは違《ちが》う。霧雨《きりさめ》の中、考えこむように、周囲を取りかこむ夜の森をじっと見つめている。

「おい、どしたの?」

俺《おれ》が声をかけると、「あ……」と、ぼんやりした顔でムギが振《ふ》りかえった。

「いや、あのね。あの森の奥《おく》には、なにがあるんだろうって思って……」

「森？」

「うん。いつも森の方向から鐘《かね》の音が聞こえるから、奥になにかがあるのかもしれない。ずっと気になってて……」

ぼんやり森の方向を見つめるムギは、あきらかに元気がない。声が小さくて、そのまま透《す》けて消えてしまうんじゃないかと思うほど、弱々しく感じた。どうした？ そう聞くのは、なんとなく不躾《ぶしつけ》な気がして躊躇《ちゅうちょ》する。だけど、やっぱり気になる。

俺は、ムギの視線の先をいっしょにたどった。

夜の森。たしかに、あの奥になにがあるのか、気にならないわけじゃない。

「なあ」俺は声をかけた。

「今から、いっしょに行って確かめてみる？」

それで、俺たちは、「かねやま本館」には向かわずに、そのまま横の草っ原から、森のほうへと突《つ》き進《すす》むことにしたのだった。

まわりは三百六十度、森にかこまれている。つまり、どこからだって中へ入ることができた。だけど、俺《おれ》たちはちょうど木が重なって、ちょっとしたトンネルのようになっている場所を「入り口」として選んだ。真っ暗な夜の森の中で、そこだけが唯一《ゆいいつ》、奥《おく》に向かって道ができていたのと、両サイドにぽつぽつと灯籠《とうろう》の灯《あか》りがともっていたから。

「あの灯りをたどりながら、奥へ行ってみるか。まあもし迷ったとしても、時間切れの鐘《かね》が鳴ったら第二保健室に戻《もど》れるし、大丈夫《だいじょうぶ》だよな」

俺がそう言うと、ムギは「そうだね」と力なくうなずいた。やっぱり、元気がない。歩く姿《すがた》も、なんだか頼《たよ》りなかった。衝動的《しょうどうてき》に、手を引っぱって歩きたいような気持ちになったけど、さすがにそんなことはできない。

「行くぞ」

もっと優《やさ》しい声が出せればよかったのに、思ったよりも荒《あら》い言い方になってしまった。

いくら道があって、灯籠が照らしてくれているとしても、夜の森だし、本来の俺ならビビりまくってるところだ。でも、ムギが隣《となり》にいるからなのか、不思議と少しも怖《こわ》くない。

雨は、降りつづいていたけれど、重なる木々に守られて、俺たちはそんなに濡《ぬ》れずに、奥へ奥へと進んでいけた。行けば行くほど、森の匂《にお》いがむっと濃《こ》くなっていく。

見えないけど、たしかに出てるよな、マイナスイオン。俺《おれ》は、すうっと深く空気を吸って、喉《のど》を潤《うるお》した。

ひたすら、沈黙《ちんもく》が続いた。なのに、不思議と「なにかしゃべらなきゃ」と焦《あせ》る気持ちは出てこない。そのうち、自然と言葉が出た。

「謎《なぞ》だよな、ここって」

ムギが横で、「うん」と、か細い声でうなずく。

「小夜子さんて何者なんだろうな。あとキヨも。俺らと違《ちが》って、あのふたりだけだろ? 紫色《むらさきいろ》の暖簾《のれん》の奥《おく》へ行けるのは」

「ほんとだよね……。私も、不思議でしょうがないよ。私たちとあのふたりの違いはなんなんだろうね」

考えれば考えるほど、謎に包まれている場所だ。すぐ近くにあるのに、届かない。同じ立場のようで、ぜんぜん違う。こうして実際に、ここにたしかにある場所なのに、その実態がどうしてもつかめない。

「甚平《じんべい》の色……」ムギがぽつりとつぶやいた。

「なに?」

「あ、いや、うん。甚平《じんべい》の色のことなんだけどね。私、じつは妙《みょう》に気になっていて……。ほら、私たち中学生は、みんな空色の甚平を用意されているでしょう？　でも、小夜子さんの着物は藤色《ふじいろ》だし、キヨは小豆色《あずきいろ》。どちらも紫色《むらさきいろ》の系統色を着ているんだよね。それに、規則にもある、あのふたりしか入れない暖簾《のれん》の色も紫色だし。紫っていう色に、なにか意味があるのかなって……」

「言われてみればたしかに紫色だな、みんな」

「気になるんだよね、どうして色が違《ちが》うのか。それと……」

「それと？」

「芋煮汁《いもにじる》。牛肉じゃなくて、干したタラが入っていたの、覚えてる……？」

「ああ、うん。それが？」

「めずらしいなぁって思ったの。芋煮汁といえば、やっぱり牛肉だよなぁって思って、家に帰ってからね、祖母に聞いてみたんだ。そしたら、ああ、昔は干したタラを入れてたって聞いたことあるねぇって言うの。でもかなり昔の話だよ、って。いや別に、小夜子さんが古いレシピを知っていただけで、そんなに気にすることでもないとは思うんだけど、脱《だつ》衣所《いじょ》に置いてあった体重計も、すごいレトロだし、なんか気になっちゃって……」

「ああ、あの体重計か。俺《おれ》も気になった。単位がキログラムじゃないことに、まず驚《おどろ》き」

「あ、男湯にもあったんだ？」

「おお。あのめちゃくちゃ重そうなやつだろ？　あんなの見たことないよな」

「だよね……。でも、古いけど、少しも汚《よご》れていないんだよね。それが不思議で。古いのに、新品みたいにピカピカしているのはなんでなんだろう」

「う～ん……」

考えこんでしまう。いつの間にか、俺たちはまた黙《だま》って歩いていた。

ムギは、やっぱりイマイチ元気がない。下を向いて、トボトボ、という言葉がぴったり当てはまるように、肩《かた》を落として歩いている。

さあああああ。ざざざざ。雨の音と、風の音が重なりあって聞こえた。暗い森で、木の根元の灯籠《とうろう》だけが、ムギの顔を下からわずかに照らしていた。うつろな表情に、胸が痛む。

意を決して、俺は口を開いた。

「あのさ」

ムギが、ゆっくりと視線をこちらに向ける。

「なんか、あった？　元気ないじゃん」

とたん、ムギの目に、みるみるうちに涙《なみだ》が盛りあがった。顔をゆがめ、唇《くちびる》をかみしめている。涙があふれないように、必死で耐《た》えている表情だった。

俺《おれ》の胸が、またずきんずきんと痛みだす。

なんだよ、そんな悲しい顔して、どうしたんだよ。

自分の顔も、ムギと同じようにゆがんでいることに、そのとき気づいた。眉毛《まゆげ》の間に、思いきり力が入っている。

俺は、悲しかった。気がついたらムギの悲しい顔を見て、いっしょに悲しくなっていたのだった。

『みどりのゆび』計画

「はあ？　悪口？　公園の遊具に？」

うん、と、ムギは苦しそうな顔でうなずいた。

ＳＮＳとかインターネットの世界なら、匿名《とくめい》の悪口がよく話題に上るけど、公園なんて、そんなところに悪口を書くやつがいるなんて信じられなかった。そんなことして、なんの意味があるんだ？

理解に苦しむが、ひとまず、ムギの話をまとめるとこうだ。

いつも、ムギが犬の散歩で行く、近所の公園。そこにあるすべり台には、たくさんの落書きがしてある。いろんな人が書いていく、いろんな言葉。それを見るのはなかなかおもしろくて、ムギは散歩をしながら、何気なく眺《なが》めていた。

そのとき、ムギは見つけてしまった。自分の名前が書かれた、悪口を。

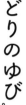

丸い文字で、「ムギは、ギゼン者」という言葉が、そこには書かれていた。

「でも、ムギっていうのが、おまえのこととは限らないじゃん。他にもいるかもしれないだろ？　ムギってあだ名の子が」

俺《おれ》がそう言うと、ムギは首を横に振《ふ》った。

ムギというあだ名の子は、知るかぎり、自分しかいない、と。さらに、

「筆跡《ひっせき》に、心あたりがあるの……」

「ムギは、ギゼン者」、という丸い文字。その筆跡は、おそらくムギの仲が良《い》いメンバーのひとりだと言うのだ。

「あれは、あの子の文字でまちがいないと思う。特徴的《とくちょうてき》だから、すぐにわかった。偽善者《ぎぜんしゃ》なんて、図星すぎて笑えるよね……」

そう言って、ムギは力なく笑った。

「いつの間に嫌《きら》われていたんだろう、そんなことにも気づけなかったよ……。いい子でいれば、みんなの意見にうなずいてさえいれば、嫌われることなんてないと思ってた。だけど、バレバレだったんだね。私が、無理してることは。いい子じゃないってことは」

そう言って、ムギはうなだれた。

「そんなことないって！」

思わず、大きい声が出てしまった。ムギが、驚《おどろ》いたように目を丸くする。

そんなこと、ない。絶対、そんなことないって！　おまえ、優《やさ》しいやつだよ。そんなの、ちょっとしか知らない俺《おれ》でもわかるって。さんざん、冷たい態度とってた俺にも、「大丈夫《だいじょうぶ》？」って、芋煮会《いもにかい》のとき、すぐに心配してくれたじゃん。あと、そうだ。休憩処《きゅうけいどころ》で何度も、他の中学生の悩《なや》みを、真剣《しんけん》に聞いてあげているところを見た。少しの言葉ももらさないように、一生懸命《いっしょうけんめい》話を聞いて、泣いている子の手を握《にぎ》ったりして……。

自然に、心からしたいと思ってやった「優しさ」。別に、がまんして、無理してやったことじゃないはずだ。「いい子になろう」と、がんばっちゃった部分があったとしても、それがすべてじゃない。優しい気持ちが、たっくさんあるんだって。だからもうさ、頼《たの》むから、そんな悲しい顔しないでくれよ。

俺はもう、いっしょに泣きたいような気持ちになっていた。悲しい顔すんなよ。俺まで悲しくなるって。

どうしても、ムギには笑っていてほしいと思った。ムギのために、というよりは、俺自身のためかもしれない。

ムギが元気じゃないと、俺《おれ》も元気が出ない。同じお湯に呼ばれる仲間だからなのか、理由はよくわからない。でも、とにかく鏡のように、ムギが楽しくないと、俺も楽しくない。

どうやったら、なにを言えば元気が出るんだろう。どれだけ口で言っても、簡単に傷がふさがるとは思えない。それに、ここでしか会えない俺に、なにを言われたって、あんまり響《ひび》かないよな。すべては、元の世界で起きていることなんだから……。

そのとき。ふいに、過去の自分、シンガポール時代、校庭でひとり、花をスケッチしていた頃《ころ》の自分がフラッシュバックした。あの頃、傷ついた俺は、ひたすらに待っていた。いつか、誰《だれ》かが自分の心に、花を咲《さ》かせてくれることを。自分の居場所が、花でいっぱいにあふれることを。

『みどりのゆび』――そうだ。あの話に、憧《あこが》れてたんだ。

俺がいちばん好きだった童話『みどりのゆび』。帰国してからは、一度も思いだしたことがなかったのに、なぜか今、あの物語が鮮明《せんめい》に頭の中によみがえる。

ひと晩で、悲しみにくれる人々の顔を、明るく変えた主人公、チト。笑顔《えがお》のない場所に、親指ひとつで花を咲かせた。それはそれはめいっぱい、あふれるような花々を――。

あの頃の自分、今の自分、そして、目の前にいるムギ。すべての点と点が、線になってつながっていく気がした。

ムギの悲しみを、変える。喜びに変える。

俺《おれ》が――――、チトになる。

「消してやるよ」

「え……？」

「俺が消してやるよ、その悪口」

どんどん言葉が出てきた。

「ただ消すだけじゃなく、その上に、めちゃくちゃかっこいい花の絵を描《か》いてやる。自慢《じまん》じゃないけど、絵は得意だから」

いつも、女の子には特に、かっこいいことを言いたくて、頭で言葉をこねくりまわしてばかりの俺だけど、このときばかりは勝手に口が動いた。

そんなくだらない落書きなんか、俺がどうにかしてやるから。だから、元気出せ。

「それって……」

ムギの目の奥《おく》に、やわらかい輝《かがや》きが戻《もど》った、気がした。

「それって、すごい」

その瞬間《しゅんかん》、俺《おれ》の中に、「実現したい」という思いが、うわあああっと湧《わ》きあがった。

大げさじゃなく、人生はじめての感覚だった。体の奥《おく》からふつふつと、泉のように熱が湧きあがってくる。それがドバーッと、全身に流れでていくようだった。

自分でも、なにが起きているのかわからなかった。とにかく、ひとつだけはっきり言えるのは、俺は、ムギがうれしいとうれしくなるのだということだった。

でもムギは、少しして、困ったように首をかたむけた。

「ああでも……、実際は難しいよね。今ここで住所を言っても、元の世界へ戻《もど》ったら思いだせなくなるし。田舎《いなか》の小さな公園だもん、ごくごく平凡《へいぼん》な」

俺は、食らいつくように言った。

「キーワードだよ、キーワード。元の世界で、思いだせることもあるじゃん。たとえば、田んぼ、気温、見えてる景色。とかさ。覚えていられることが、なにかしらあるじゃん。だから教えてくれよ、その公園から見える景色。どんなことでもいいから、できるかぎりたくさん」

「だけど、なんの変哲《へんてつ》もない町だよ。同じようなところ、日本中にどれだけあるか」

「まあ～、最悪ひとつに絞《しぼ》れなくてもいいって。似たようなところは、しょうがないからオマケで全部まわってやるよ。それでもし、その公園に誰《だれ》かの悪口が書いてあったら、それもついでに花の絵に変えてやればいいだろ？　悪口が、花に変わる。……ちょっと、これどうよ!?」

俺《おれ》は、たぶんめちゃくちゃ興奮してた。自分のアイディアが、最高にさえてるって自信があった。これは、これはすごい計画だって。

俺の迫力《はくりょく》に圧倒《あっとう》されたのか、ムギは目を丸くして黙《だま》りこむと小さな声で言った。

「『みどりのゆび』みたい……」

「え!?」

「知らない？『みどりのゆび』って、お話。私のいちばん好きな本なんだ。主人公が不思議な親指を持っていてね、その子が触《ふ》れると、どんな場所からも植物が芽吹《めぶ》くの。刑務所《けいむしょ》の鉄格子《てつごうし》にも、おんぼろの家にも病院にも……。私、小さい頃《ころ》からその話がいちばん好きなんだ。なんか、それに似てるなぁって思って」

驚《おどろ》いて、言葉が出なかった。まさか、ムギも、『みどりのゆび』を読んでいたなんて。あまりにも驚きすぎて、なぜか俺は「ふうん。なんか女子が好きそうな話だな」と、返してしまった。俺もその本、大好きだったんだよ！　と素直《すなお》に言えばよかったのに、妙《みょう》に恥《は》ずかしくて、突然《とつぜん》また「ナリタクモード」のスイッチをオンにしてしまった。

「へぇ。じゃあ、俺《おれ》、それやるわ。リアル版『みどりのゆび』」

「『みどりのゆび』計画だね」

そう言って、ムギがにっこり笑った。鼻の頭にクシュッとシワがよった、まっさらな、くったくのない笑顔《えがお》。

思わず声をあげそうになって、俺は口元に手をあてた。

ちょっと待て。ムギって、こんなかわいかったっけ？

心臓が、ドンッと、誰《だれ》かに突然押《お》されたみたいだった。バクバクバクッと心拍《しんぱく》が速まる。それを隠《かく》すように、むだにせきばらいをした。

「と、とりあえず、次会うまでめいっぱい情報集めてから来いよ。公園から見える景色、細かくピックアップして。そうじゃないと、たどり着くまでに何年もかかっちゃうんで」

「うん、わかった」

「じゃあ月曜日は、十六時半に集合な」

こくりと素直《すなお》にうなずくムギのほうをなるべく見ないように、ひたすら、前方にゆらめく灯籠《とうろう》の灯《あか》りを、にらむように見つめた。

そのとき、急に、奥《おく》のほうから川の音が聞こえた。

雨、風。それに虫の音や、カエルの声に混じって、チョポチョポチョポチョポ……って。

「川の、音?　するよな」

「うん、聞こえる……」

俺《おれ》たちは、そのまま音のする奥《おく》へと、小走りで足を進めた。ずっと先まで、木の根元にはぽつぽつと灯籠《とうろう》がともされていたから、迷うことなくまっすぐ音の方向へ。

歩けば歩くほどどんどん、川の音が大きくなっていく。

近い。もうすぐそこで音がする。ゆったりと、静かに流れる川のせせらぎ。

「あれ……?」

そのとき、それに混じってたしかに聞こえてきた。楽しそうな笑い声が。ははははって、若い女の人の笑い声。おどけたように話すおじいさんの声。小さな子どもたちの、はしゃぎまわる声。とにかく大勢の、ざわざわした人の気配。どこかのんびりした、朗《ほが》らかな、きらきら輝《かがや》くような心地《ここち》よい笑い声。それが重なって、耳に飛びこんでくる。

川辺で、誰《だれ》かがキャンプでもしているんだろうか。でもなんで、こんな夜の森で?

いったい、誰が……?

ムギも、隣《となり》で緊張《きんちょう》した表情で、ごくんと唾《つば》を飲みこんでいる。

「誰《だれ》か、いるよな。しかもたくさん……」

なんとなく小声になってしまった。

ムギが黙《だま》ってこくりとうなずく。

声のする方向へ、俺《おれ》らはそのまままっすぐ歩いていった。怖《こわ》い気持ちがないわけじゃない。だけど、あまりにも笑い声が楽しそうだから、どちらかというと、どんな人たちなんだろうと、確かめたい気持ちのほうが大きい。

「あ、道が終わる」

トンネルのように折り重なった木の道の向こうに、出口が見えた。どうやら向こう側は、雨がやんでいるようだ。月の明かりが地面を照らしているのか、夜露《よつゆ》で草っ原がツヤツヤ光って見えた。川の音も、楽しげな笑い声も、もう見えないことのほうがおかしいほど、すぐ間近にせまっている。

「行ってみよう」

「うん」

出口に向かって一気に走った。

ここがなんなのか、その謎《なぞ》がついに解ける。きっと、あの向こうに答えが――。

「わあっ」

視界が一気に広がった。その瞬間《しゅんかん》、ダダダダッと大粒《おおつぶ》の雨が全身にあたる。

「な、な、な」

月明かりなんてとんでもない。外は、薄暗《うすぐら》い闇《やみ》。大雨の降りしぶく草っ原だった。

目の前には、見慣れた建物。かやぶき屋根の平屋。

「なん、で……？」

そこは、「かねやま本館」のすぐ裏手側だった。

「戻《もど》ってきてる……」

川は、どこにもない。それどころか、音も、もう一切《いっさい》聞こえない。あの、笑い声も。

俺《おれ》とムギは、顔を見合わせて、お互《たが》いごくんと唾《つば》を飲みこんだ。そして、もう一度来た道を、全速力で走って戻る。さっきとは違《ちが》い、シン……と静まりかえった森。

道は、やっぱりまっすぐだ。どこにもカーブはない。だから、元の場所に戻るなんてことはないはずなんだ。

なのに、なのに――。

結果は、同じだった。何度試《ため》しても、「かねやま本館」の敷地内《しきちない》に戻《もど》ってきてしまう。どしゃ降りの中、俺《おれ》たちは、ただ呆然《ぼうぜん》と立ちすくむことしかできなかった。なにもかもが、謎《なぞ》だった。

隣《となり》でムギが、「なんだったんだろう……」と、つぶやく。

「私たちには見えない場所があるのかな。誰《だれ》だったんだろう、あの笑い声。それと、川の音も……」

急に体に冷えがまわって、俺は背筋がゾクッとした。

「もしかして、死後の世界だったりしてな……」

自分でそう言って、いやいや、ないないないない、と首をぷるぷると横に振《ふ》った。

「まさかぁ……」と、ムギの表情も引きつる。

「いや冗談《じょうだん》だって、冗談」

「やめてよ、そういうの……」

歩いてきた道が、灯籠《とうろう》でぼうっと揺《ゆ》れていた。ムギが、冷えた腕《うで》をこすりながらつぶやく。

「ここがなにかって、その謎が解けたら、有効期限とかなくなるのかな……。制限なく、いつでもここに来られて、思う存分のんびりできるのかな。もしかして、さっき聞こえた笑い声は、謎《なぞ》が解けた人たち……？」

「さあ、どうなんだろうな……」

「だとしたら私、知りたいな。ここのこともっとちゃんと。大好きだから、この場所が」

「だな。……ってか寒っ。とりあえず中入ろうぜ」

そのとき。

ゴォォォォォォン

時間切れの鐘《かね》が、森の奥《おく》から響《ひび》いてしまった。

ゾウのおなか

——月曜日は、十六時半に集合な。

ナリタクと、先週そう約束した。もう何度も会っているけど、「約束して会う」のは、今日がはじめてだ。ふたりで立てた「『みどりのゆび』計画」。それを思いかえすだけで、ふ、っと口元がゆるんでしまう。

今日は実力テストだったから、学校は午前中で終わりだった。一度帰宅し昼ごはんを済ませ、二時間ほど部屋で勉強した後、スニーカーのつま先をトントンとならして、私は玄《げん》関《かん》を出た。

目の前に広がるのは、見わたすかぎり、黄金色《こがねいろ》に染まった田んぼ。たわわに実った稲穂《いなほ》は、そよそよと風に揺《ゆ》れながら、こうべを垂れている。今は、米作りのクライマックス、刈《か》りとりの時期だ。

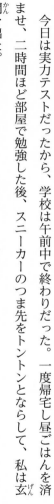

「ムギー、どっか行くのかー?」

刈《か》りとり機《き》に乗った父が声をあげたので、「学校ー、忘れ物したから取りにいってくるー」と、声をはって答えた。

父が親指を立ててサインを送ってくる。ついでに、「気をつけて行けよ~」と言っていたと思うけど、刈りとり機のドュルドュルドュルドュルというエンジン音でかき消されて、それはイマイチ聞きとれなかった。

父から少し離《はな》れたところで、母と祖母が、こっちへにこやかに手を振《ふ》っている。私はそれに応えて、右手を大きく左右に振った。学校指定のブルーのジャージ姿で、私は畦道《あぜみち》を歩きだした。背中で聞こえていた軽快なエンジン音が、徐々《じょじょ》に遠のいていく。

田んぼのまわりに飛《と》び交《か》う、何匹《なんびき》ものカトリヤンマ。すぐ疲《つか》れるのか、飛んでは休み、休んでは飛び、を繰《く》りかえしている。

家から学校までは歩いて三十分。今は三時半過ぎだから、ナリタクとの約束までには、まだ余裕《よゆう》がある。

公道に出て、ゆるやかな上り坂をしばらく歩き、左に曲がる。そこから、急勾配《きゅうこうばい》の坂道を上ると、あの公園が見えてくる。

通称《つうしょう》、ゾウぼっち公園。なんで「ゾウぼっち」かというと、その名のとおり「ゾウがひとりぼっち」だから。公園の中心にある、灰色のコンクリートでできた、大きなゾウのすべり台。それ以外は、なぜかみんな海の生き物の遊具ばかりなのだ。

公園には、二歳《さい》くらいの子を連れた若いお母さんがひとりいたけれど、砂場遊びグッズを片付けていたので、きっともう帰るところなんだろう。

同世代がいないことにほっとして、私はゾウのすべり台へと突《つ》き進《すす》んでいく。

海の生き物たちにかこまれた灰色のゾウは、公園の中でいちばん背が高いのに、「なんか自分、海キャラじゃないのに、こんな幅《はば》とっちゃってすみません……」と、申し訳なさそうな顔でたたずんでいた。

ゾウのおなかの部分は空洞《くうどう》になっていて、中に入ると、錆《さ》びた鉄のハシゴがかかっている。それを上って、てっぺんに行くと、鼻のすべり台から降りることができる。

私は、空洞の中へ、そっと足を踏《ふ》みいれた。

内側の壁面《へきめん》には、いつもながら、ほとんど隙間《すきま》なく、いろんな落書きが書かれていた。

誰《だれ》が始めたのか、色とりどりの油性マジックで、「うえPラブ」「今日ライブ行ってきた！」と、アイドルに向けたメッセージや、「2組の中村Yくん、大好き」と、あきらかに学校の人にあてたようなメッセージ。「目指せ、全国大会！」「北高に受かりますように」という、願いごとまである。

ハシゴの下には、ポテトチップスの袋《ふくろ》のゴミや、蓋《ふた》のとれた油性ペン、なぜか片方だけの子どもサイズのスニーカーが落ちていた。

なんで片方だけ？　ちらりとそう思いながらも、あまり気にせずに顔を上げる。

「よし……」

気合を入れて、ハシゴの、ちょうど真ん中の横あたりに、視線を向けた。

そこには、はっきりと書かれた、私の名前。

ムギは、ギゼン者

という文字。

書いてあるのはわかっているのに、やっぱり目にすると心臓が痛い。この、丸みが強い筆跡《ひっせき》は、ほぼ確実にノッチの字だ。ひらがなの「は」の、ぐにゃりと丸くなる部分が特徴《とくちょう》的《てき》だから、すぐにわかった。ノッチがひとりで書いたなら、まだいい。ノッチが書いているまわりに、他のみんなもいたのだとしたら。それが最悪な想像だった。

だめだ。油断するとすぐ、心が冷たくなってしまう。嫌《いや》な気持ちを思いかえすために、ここに来たんじゃないでしょう？　と、自分に言い聞かせる。

すべては「『みどりのゆび』計画」のため。ナリタクが、この場所にたどり着けるように、細かい情報を記憶《きおく》して伝えるため。そのために、わざわざここに寄ったんだ。

「そうだ、景色。景色を確認しないと……」

ハシゴに手をかける。一段一段の幅《はば》が狭《せま》いので、ひとつ飛ばしで上っていく。

顔が上に出ると、さっそく、冷たい風があたった。先週自分で切りすぎてしまった前髪《まえがみ》が、風でぺろっとめくれる。

一気に広がる視界。すべり台のてっぺんに両手をついて、よいしょ、と立ちあがった。

この公園は高台にあるから、ここに上ると町が見下ろせる。

（教えてくれよ、その公園から見える景色。どんなことでもいいから、できるかぎりたくさん）

ナリタクにはそう言われたけど、

「目印になるようものが、なにもないんだよなぁ……」

困ったなぁ、と苦笑いしながらも、私は正確な位置を把握《はあく》しようと目を凝《こ》らした。

なにひとつ特別なものはない、だだっ広い空間を、青く煙《けむ》る山が取りかこんでいる。ビニールハウスがあるのは、ここから見て北東。スーパーの看板は、東南方向。赤いポストは南側。

「とりあえず、これで全部かなぁ……。あ、もう四時だ。そろそろ行かなくちゃ」

約束の時間に遅《おく》れたら困る。ナリタクのことだから、時間くらい守れよー、と文句を言うに違《ちが》いない。

ハシゴを下りようと足をかけたとき、足元から「ひっく」と、しゃくりあげる声がした。

「ん……?」

私は、足元の、ゾウのおなかの部分をのぞきこんだ。その拍子《ひょうし》に、眼鏡がずり落ちそうになって、あわてて右手で押《お》さえる。

見ると、男の子がうずくまっていた。ぽっちゃりした背中を丸めて、「ううううう」とうなるように震《ふる》えている。いつの間にいたんだろう、どうしたのかな。

急いでハシゴを下りて、男の子の横に、同じようにしゃがみこんだ。

「ね、ねえ、きみ、大丈夫《だいじょうぶ》……?」

声をかけても返事はない。ただ膝《ひざ》を抱《かか》えて顔をうずめ、ひっくひっくとしゃくりあげて泣いている。けがでもしたのかな。心配になって、私は男の子の腕《うで》や膝《ひざ》、足元に目を向けた。

そして――気づいた。

男の子は、左足にしか靴《くつ》を履《は》いていなかった。右足は、白い靴下のまま。もはや、白とは言えないほど土色に汚《よご》れてしまった、ぼろぼろの靴下。

その横には、片方だけの靴が転がっていた。黄色い蛍光《けいこう》のラインが入った、「足が速くなる」とCMでも話題のスニーカー。さっき私がここに来たときから、すでにここに転がっていたものだ。

どういうこと？　なんでこの子は、片方しか靴を履いていないの……？

戸惑《とまど》いながら、私は男の子を横からのぞきこんだ。あいかわらず、顔を膝にうずめて泣いている。その手には、くしゃくしゃのメモ紙が握《にぎ》られていた。震《ふる》えていて見えづらいけど、大きい文字だけは読むことができた。

「暗号を、とけ……？」

私が文字を読みあげたとたん、男の子がぱっと顔を上げた。

泣きすぎてぷっくりと腫《は》れたまぶた。ソバカスのついた丸い鼻からは鼻水が出ていた。涙《なみだ》でぐしょぐしょに濡《ぬ》れた頬《ほお》に、サイドの髪《かみ》がぺたりと張りついている。

はじめて会う子だった。だけど、この表情を見たらわかる。きっと、悲しいことが起きたんだ。すごくすごく悲しいことが。

「どうしたの……?」

私が声をかけると、男の子の顔がぐにゃりとゆがんだ。両方の目から、ぶわっと涙《なみだ》があふれ出る。そして、糸が切れたように、うわぁぁぁぁ、と声をあげた。泣き声が、ゾウのおなかの中に、わんわん響《ひび》く。ひとりじゃない、たくさんの人が泣いているみたいだった。それくらい大きく、深い悲しい泣き声だった。

胸が張《は》り裂《さ》けそうだった。震《ふる》えるその背中に、私は手を伸《の》ばした。

「どうしたの。大丈夫《だいじょうぶ》、大丈夫だよ」

男の子の背中を上下になでる。イィ、と、泣きながら歯を食いしばって、男の子はうなだれた。しばらくなでつづけていると、彼《かれ》は、ゆっくり、ときおりしゃくりあげながら、途《と》切《ぎ》れ途《と》切《ぎ》れに話をしてくれた。

名前は、ミツハルくんというらしい。公園から歩いて十分ほどの郵便局の裏に住む、小学四年生。

学校の一日が終わり、ミツハルくんが昇降口《しょうこうぐち》へ向かうと、下駄箱《げたばこ》には片方しか靴《くつ》がなかった。小さなメモ紙が一枚入っていて、そこには「見つけられるかな？　暗号をとけ」と、書かれている。暗号といっても、ただ下手なイラストが描《か》いてあるだけ。

もう何度もこんなことがあったそうだ。そのたびに、ミツハルくんはイラストを手がかりに、スニーカーの片方を必死で捜《さが》す。校庭の花壇《かだん》の後ろだったり、通学路の信号の「押《お》しボタン」の下だったり。片足しか靴《くつ》を履《は》いていない状態で、もう片方を捜しつづける。時間がかかって、やっとのことで、それを見つける。そして次の日、「おおっ、見事クリア！　すばらしい！」と、クラスの男子数人から拍手《はくしゅ》されるのだ。

ミツハルくんの握《にぎ》りしめていたメモには、「暗号をとけ」という文字と、ゾウのイラストが描かれていた。このあたりでゾウの遊具は、この公園にしかないはずだけど、まだ引《ひ》っ越《こ》してきて間もないらしく、ミツハルくんはここを知らなかったそうだ。二時間、ぐるぐる歩きまわって、やっとたどり着いたという。

「やめてって言っても、やめてくれない。みんな、笑ってるんだ。これはゲームで、きみのミッションです。や、やり遂《と》げてくださいって。そ、そう言って……」

話を聞きながら、私は唇《くちびる》をかみしめた。

ひどい。ひどすぎる。そんなの、されたほうは少しもおもしろくないよ。だけど、その子たちは、もしかしてわかっていないのかもしれない。自分たちがしていることの残酷《ざんこく》さを。

なんて声をかけたらいいのか、わからなかった。

大丈夫《だいじょうぶ》だよ、きっといいことがあるよ。今日が苦しくても、きっと明日は。そんな、気休めにしかならない言葉しか浮《う》かばない。

私はもう、いっしょにぼろぼろ泣いていた。

ああ、ちゃんと休ませてあげたい。傷ついて、疲《つか》れきったこの子を。どんな言葉よりも、どんな慰《なぐさ》めよりも、この子にはまず休息が必要だ。

ジャージの袖《そで》で、自分の涙《なみだ》をぐいっとぬぐった。

「ねえっ」

うなだれていたミツハルくんが、うつろな目で私を見上げる。

「いっしょに行こう。かねやま本館へ」

「かねやま、ほんかん……？」

「心を休ませてくれる、不思議な温泉なの。だから行こう、いっしょに」

あぜんとするミツハルくんの手をとり、ゾウのおなかの外に出た。

無我夢中《むがむちゅう》だった。ミツハルくんの手を引いて、ぐんぐん歩いていく。

「温泉？　そこってどんな場所なの……？」

歩きながら、ミツハルくんに話をした。

中学校の校舎裏に、第二保健室があること。そこには銀山《かねやま》先生がいて、床下《ゆかした》の世界への扉《とびら》を開けてくれる。そして、ハシゴを下りると、「かねやま本館」という、不思議な湯治場が――。

「僕《ぼく》も、そこに行けるの？」

ミツハルくんの目が輝《かがや》く。

「きっと。銀山先生に、お願いしてみよう」

いっしょに連れていって、休ませてあげてもいいですか？

銀山先生なら、いいよって言ってくれるはず。

助けてあげて、休ませてあげて。お願い、お願いです。

この子を、どうかどうか――。

遅刻《ちこく》

「おい、チビ。ムギは？　まだ来てないの？」

俺《おれ》がそう言うと、キヨが、「チビって言うなって、何回言ったらわかんだよ！」と、顔をしわくちゃにして怒鳴《どな》ってきた。

「キヨ、おまえなぁ、短気な男はモテないよ？」

「うるせぇっ！」

顔を赤くしたキヨが、俺をにらみつけてくる。

あいかわらずおもしろいやつ。ぶふふっと吹《ふ》きだした俺の腰《こし》を、「ばかにすんな！」と、キヨが小さな拳《こぶし》でぼすぼすたたいてくる。ちっこいくせに、毎度力だけはいっちょまえだ。

「痛い、痛いって！　わかったわかった、ごめんキヨ、ごーめーんー」

キヨは手を止めると、「もう二度と生意気言うなよっ」と、捨《す》て台詞《ぜりふ》を吐《は》いて、座布団《ざぶとん》にぼふっとあぐらをかいた。いや、どっちが生意気なんだよ、年下のくせに、と口から出そうになったが、また腰《こし》を連打されたらたまらないので、俺《おれ》は黙《だま》って向かい側に座《すわ》った。

それにしても、

「ムギ、遅《おそ》くないか……？」

約束の四時半の五分前に、俺は第二保健室から「かねやま本館」にやってきた。風呂《ふろ》も入らずに、こうして休憩処《きゅうけいどころ》に直行した。なのに、ムギはまだ来ていない。

「もしかして風呂入ってんのかなぁ？　え、もしや約束忘れてる？」

俺がぶつぶつ言うと、「いや、まだ今日は来てねぇはずだ」とキヨは答え、「どうしたんだろなぁ、ムギのやつ」と、不思議そうに首をかしげた。

考えてみたら、俺が、ここでムギと会わなかったことはない。約束したわけでもないのに、いつも同じ時間に、お互《たが》い自然とやってきていた。

「約束したとたん、遅刻《ちこく》って……」

おいおい、そういうとこはちゃんとしようよ、と、俺がため息をついたとき、視界の端《はし》っこで、橙色《だいだいいろ》の暖簾《のれん》がふわりとひるがえった。「おそいっ」と言おうと振《ふ》りかえり、俺は「あ」と、言葉をのみこんだ。

入ってきたのはムギではなく、小夜子《さよこ》さんだった。

「小夜子さん？　どうしたんですか……？」

いつもなら、朗《ほが》らかに微笑《ほほえ》んでいる小夜子さんの、元気がない。口元は少し微笑んでいるのだが、目元が悲しげに見える。

「なんかあったのか……？」と、キヨも不安げにたずねる。

小夜子さんは、少し間をおいて、ええ、とうなずいた。

「ムギさんが、もうここへ来られなくなってしまいました」

「え!?」

「なんで!?」

俺《おれ》とキヨは、同時に腰《こし》を浮《う》かせて立ちあがった。

小夜子さんが、俺たちの顔を交互《こうご》に見つめて続ける。

「規則を破ってしまったんです。どなたかに、ここの話をしてしまったようで……」

「はぁぁぁぁぁ!?」

俺は思わず、大きな声をあげてしまった。

「きっと、どなたかを救いたかったんだと思います。だからムギさんは、お話しになってしまったんでしょう、ここの話を。くわしいことは、残念ながら私にもわかりかねるのですが……」

誰《だれ》かを救いたくて、ここの話をしてしまった——？

頭に浮《う》かぶ、ムギの遠慮《えんりょ》がちな視線。控《ひか》えめでおだやかな空気。いつも人のことばっかり考えて、自分のことは後回しにするムギ。

俺《おれ》は、ああああっとうなりながら息を吐《は》いた。

やる。あの子なら、やりかねない。

「あのお人好しっ……」

なんだよそれ、計画はこれからだったのに！　なんで、なんで規則を破っちゃったんだよ！　ああもうっ、なにやってんだ！　俺は混乱し、髪《かみ》をぐしゃぐしゃとかきまわした。

え、うそだろ。待って。じゃあ、

「ムギは、ここでのことを、もう全部忘れちゃったってことですか？」

そうたずねると、すぐに小夜子さんが、「いいえ、覚えています」と答えた。

ああ、よかった、と少しだけ肩《かた》の力を抜《ぬ》く。いやちっともよくはないんだけど、それでも首の皮ひとつつながったような気持ち。だけど、ほっとしたのも束《つか》の間《ま》、「今はまだ」と、小夜子さんが付け足した。

俺《おれ》は目を見開き、小夜子さんを見つめた。

「は。待って待って、小夜子さん。それって、どういうこと？」

嫌《いや》な汗《あせ》がにじみでる。なのに、俺の口元はなぜか笑っていた。ヘラヘラしていたら、恐《おそ》れているようなことは起きないんじゃないか、どうにか回避《かいひ》できるんじゃないかって、脳が勝手に指令を出しているように。

小夜子さんが、つられて笑ってくれることを期待したけど、小夜子さんは笑わない。代わりに、伏《ふ》せていた目線を上げて、切なそうに口を開いた。

「実は、二つの規則には、ちょっとした違《ちが》いがあるんです。紫色《むらさきいろ》の暖簾《のれん》をくぐってしまうと、ここでの記憶《きおく》を一瞬《いっしゅん》で失ってしまいますが、どなたかに話をしてしまった場合は、少しずつ記憶が薄《うす》れていきます。ゆっくりとですが、確実に……」

つまりはこういうことだ。ムギと、もう会えない。ついでに、あいつのここでの記憶は、これから少しずつ薄れていって、最終的にはなくなってしまう。そんなことを突然《とつぜん》知らされた俺が、どうしたか。

わたわた、おろおろ、じたばた。

そう、ただただテンパって、「え？　やばいじゃん、なにそれ、意味わかんないわ、どういうこと？」を繰《く》りかえし、何度も何度も小夜子さんに同じ説明をしてもらい、それでも気持ちがぜんぜんついていかず、休憩処《きゅうけいどころ》の和室を、むだにぐるぐる歩きまわった。

「ナリタクさん、あわててもなにも始まりません。まずは落ちついて、自分になにができるかゆっくり考えることが大事です」

小夜子さんがそう言ったけど、頭にちっとも入ってこない。

ゴォォォォォン

ただそれだけ。本当にただただおろおろしていただけで、時間切れの鐘《かね》が鳴ってしまった。我ながら、なんと情けない。

ハッと気づいたときには、「第二保健室」のベッドの上。無表情の銀山《かねやま》先生が、そんな俺《おれ》を上からのぞきこんでいた。

「せ、先生、やばいって。ムギが、言っちゃって、その、規則を」

あいかわらず混乱中の俺《おれ》に、先生は「わかってるよ」と静かな声で言った。

「なにごとも、まずはゆっくり落ちついて考えることさ。大丈夫《だいじょうぶ》。すべて、起こることには意味がある」

「はあ？　なにそんな悠長《ゆうちょう》なこと言って。記憶《きおく》がさぁ、どんどんなくなっていっちゃうんだって。そしたら俺のことも、あの計画も――」

「まあとにかく、今日のところは帰りな。ひとりでゆっくり考えてみるんだ。自分がなにをすべきか、きっと見えてくる」

「そうやってまた、適当なこと言っちゃって。いっつもアドバイスがさぁ、ざっくりすぎるんだよ、銀山先生は」

「適当じゃない、真実さ。あわてたって、なにも始まらない。まずは、どんなときも、心を落ちつけるところから始まるんだ」

そこまで言うと、さあさ、と銀山先生は俺を無理やりベッドから起きあがらせた。そして、いつものごとく、グイグイ俺の背中を押《お》すと、部屋の外へと押しだした。

「また週明けにおいで。それまでは、ひとりでゆっくり考えるんだね」

バタンッ。ドアは閉められ、その瞬間《しゅんかん》、**【第二保健室】**のプレートがかかったドアは、

【男子更衣室《こういしつ》】と印字された平凡《へいぼん》なドアに変わっていた。

プールサイドにある、夏限定の男子更衣室。すぐにドアノブをガチャガチャとまわしたが、しっかり鍵《かぎ》がかかっている。

「なんだよっ……！」

負《ま》け惜《お》しみのように、ダンッとドアを一発たたく。拳《こぶし》の側面が痛くなっただけで、ドアはもう開かなかった。

「はあ～～……」

俺《おれ》はひとり、閑散《かんさん》としたプールサイドでうなだれることしかできなかった。

私のミス

錆《さ》びついたトタン壁《かべ》を見つめながら、ごくん、と唾《つば》を飲みこんだ。

ここに、昨日まではあった。

【第二保健室】と書かれたくもりガラスのはまった、色あせた茶色い木の扉《とびら》が。

たしかに、あった。あったはずなのに、

「なくなってる……」

私が来るのを見計らったように、この二週間いつもそこにあった扉が、ない。

声が震《ふる》えた。必ずあると思っていた場所が、なくなっているなんて。

「ねえ、おねえちゃん。不思議な温泉に行けるって、さっき言ってたよね……？」

私の横で、ミツハルくんがつぶやいた。そこでやっと、気づいた。

この子を休ませてあげたい。そのことに必死すぎて、少しも思いださなかった。絶対に

忘れちゃいけなかった大切なこと。

「かねやま本館」には、ふたつの規則が存在する。


規則その一、紫色《むらさきいろ》の暖簾《のれん》は、けっしてのぞいてはならない。

規則その二、かねやま本館の話を、元の世界でしてはならない。


この規則を破ったら、もう二度と「かねやま本館」に行くことはできない。

私は震《ふる》える両手を、自分の口にあてた。

「あ……」

そうだ。やってしまった。

私は、「かねやま本館」の話を、ミツハルくんにしてしまった。

つまり、規則を、破ってしまった――。

ハッとして、急いでポケットに手をつっこんだ。指先に触《ふ》れる薄《うす》い木の板の感触《かんしょく》。サッと取りだすと、入館証はちゃんと残っていた。

「それ、なあに……?」

ミツハルくんが、そうたずねた瞬間《しゅんかん》。

「あっ」

息をのんだ。

横で、ミツハルくんも目を丸くしておののく。

入館証の色が薄《うす》くなっていた。木の板のはずなのに、ガラスのように透明《とうめい》になってい

る。それも、みるみるうちに透明度《とうめいど》が増して、水がはった膜《まく》のように、くっきりと向こう

側が見えるほど。

驚《おどろ》いて、思わず握《にぎ》っていた手を開いてしまった。その拍子《ひょうし》に、入館証がこぼれ落ちる。

手のひらから離《はな》れた透明の板は、地面に落ちるほんの直前、ぽちゃんと、小さな水が跳《は》ね

る音とともに——、

「消え、た……?」

うそ。

入館証が落ちたあたりの土だけが、少し濡《ぬ》れて色が濃《こ》くなっている。私はすぐさましゃ

がみこみ、地面を両手でこすった。

ない。ない、ない、ない。どこにも、入館証がない。

心臓が、信じられないほどバクバクしていた。地面をこする手が震《ふる》える。

消えた、消えてしまった。

やだ、やだ。やだよやだよやだよ。

なにもない地面を、私は必死でこする。

だけど、やっぱり――――、入館証はどこにもなかった。

「な、なんで？　なんで消えちゃったの？　今の、なに？」

ミツハルくんが、横で混乱している。私は、よろよろと立ちあがった。

「……ごめん。行けなくなっちゃったみたい」

ミツハルくんは「えっ」と、目を丸くした。

「なんで？」

「あの場所は、あの場所はね、たしかに存在するんだよ？　だけど、呼ばれないと入れない場所だってことを、私が忘れちゃってたの。期待させて、本当にごめんなさい……！」

頭を下げると、ミツハルくんは「そ、そっかぁ」とつぶやいた。

「それって、僕《ぼく》は呼ばれてないから、行けないってことだよね。それはしょうがないよね、だって、呼ばれてないんだから……」

ミツハルくんは鼻をこすりながら力なく笑った。手が汚《よご》れていたせいで、鼻の下が少し黒くなる。

その笑顔《えがお》に、私は胸がきゅうっと締《し》めつけられて、とっさに、「い、今はね！」と、付け足した。

ミツハルくんが、どういう意味？　と、キョトンとした顔で私を見上げる。

「……今は、たしかに呼ばれてないかもしれない。だけど、ミツハルくんもきっとあの場所へ行ける。ちゃんと、正式に呼ばれるときが来る。私には私の、ミツハルくんにはミツハルくんのタイミングがあるんだよ、きっと」

なにか言わなきゃ、と思って、思わず出た言葉だったのに、話しているうちに「本当にそのとおりかもしれない」と、思った。よく考えたら、「かねやま本館」は、中学生専門の湯治場なのだ。だから、小学生のミツハルくんは、まだ呼ばれるタイミングじゃなかった。だけど、入館証を一瞬《いっしゅん》でも見ることができたんだから、きっとこれからなんだ、ミツハルくんが、銀山《かねやま》先生たちと出会うのは。

ミツハルくんの瞳《ひとみ》に、ふっと輝《かがや》きが戻《もど》った。

「じゃあ、いつか僕《ぼく》も呼ばれて、行けるってことだね！」

胸のあたりで両手をぎゅっと握《にぎ》りしめて、「うわぁ、楽しみだなぁ」と、今度は無理した笑顔《えがお》じゃなく、本当にうれしそうに笑っている。

その姿を見て、ほっとした。ミツハルくんの明日に、希望ができたらうれしい。今日がつらくても、明日は違《ちが》うかもしれない。新しい出会いが待っているんだって、そう思えたらうれしい。

そう思って微笑《ほほえ》みながらも、すぐにさみしさがこみあげてきた。みぞおちのあたりが、からっぽになったような気分。

ミツハルくんは、これから、「かねやま本館」に行ける可能性がある。だけど、規則を破ってしまった私は、もう永久にあそこへは行けない。それだけじゃなく、記憶《きおく》も――。

あれ？　でも……。

私は、「かねやま本館」に通った、この二週間のことを頭に思《おも》い浮《う》かべた。不思議な第二保健室、山姥《やまんば》のような銀山先生、美しい小夜子《さよこ》さん、愛らしい坊主頭《ぼうずあたま》のキヨ、あそこで出会った、別の地域に住む中学生たち。今日、会う約束をしていたナリタク……。

「どうしたの、おねえちゃん？」

かたまっている私の顔を、ミツハルくんがのぞきこんだ。

「ううん、なんでもない」

そう答えながらも、私の心拍《しんぱく》は、どんどん速まっていく。

大丈夫《だいじょうぶ》だ。まだ覚えている。記憶《きおく》は、なくなっていない。でも、なんで？　規則を破ったら記憶を失うって、キヨに初日にそう説明されたはずなのに。

とにかく理由はわからないけど、記憶は私の中に残っている。だけど、これも、もしかしたら今だけなのかもしれない。入館証が少しずつ透《す》けて消えてしまったように、私の記憶も薄《うす》れていってしまうのかもしれない。

考えこんでいる私の隣《となり》で、ミツハルくんが、地面をじいっと見つめている。

「不思議なことって、ほんとにあるんだねぇ。板が、透けてなくなっちゃうなんて、僕《ぼく》、夢でも見てたみたいだよ」

そう言うと、ミツハルくんは、「あ！」と、なにかをひらめいた顔をした。

「ねえねえ、おねえちゃん！　もしかしたら今日はたまたまお休みだったんじゃない？　明日もいっしょにここに来ようよ。明日だったら、開いているかもしれないよ!?　その、不思議な温泉への入り口！」

おそらく、規則を破ってしまったから、明日来たとしても、もう「第二保健室」の入り口が、ここに現れることはないはずだ。

でも、ミツハルくんの笑顔《えがお》を見ていたら、やっぱりどうしてもそんなことは言えない。

「そうだね、明日も来よう」

「やった！　ね、約束だよ」

ミツハルくんが、足を踏《ふ》みならして喜んだ。

「寒くなってきたね。暗くなる前に帰ろうか。家まで送るよ」

私は、入館証が消えてしまったこと、もう二度と「かねやま本館」に行けないかもしれないことは、今は考えるのはやめようと決めた。連れていってあげられなかった分、私が、ミツハルくんの休憩処《きゅうけいどころ》になりたい。

並んで歩きながら、私はミツハルくんに言った。

「泣きたくなったら、私がいつでも話を聞くからね。クラスの男の子たちを、殴《なぐ》りに行ってもいいし」

「ええっ。おねえちゃん、暴力はだめだよ」

ミツハルくんはくすくす笑いながら、最後に小さく「ありがとう」と言った。

郵便局が見えてきたときには、あたりは陽《ひ》が落ちて薄暗《うすぐら》くなっていた。

「家、すぐ裏だからここで大丈夫《だいじょうぶ》。おねえちゃんのおかげで、僕《ぼく》、明日が楽しみ！」

じゃあまたね、と手を振《ふ》って、ミツハルくんは角を曲がっていった。ミツハルくんの姿が完全に見えなくなるまで手を振りかえしながら、ふと、どこかで小夜子さんが自分を見ているような気がして、私は周りを見わたした。

夕暮れのほの暗さが、田んぼや路面に広がっている。肌《はだ》に吹《ふ》いてくる冷たい風。

どこにも、小夜子さんはいなかった。

（小夜子さん……）

心の中で、呼びかける。

（私、規則を破っちゃいました。ごめんなさい……）

ひとりになったとたん、胸の内側から、じわじわと感情がこみあげてくる。

ああ、もう会えないんだ。行けないんだ、あの場所に。

自分でしてしまったことだからこそ、悔《くや》しくてたまらなかった。ミツハルくんを救いたいと思ったことに後悔《こうかい》はしていない。だけど、だからって規則を破ることはなかった、もっと他の方法があったかもしれない。

唇《くちびる》をかみしめながら、ジャージのポケットに手を入れた。指先にはなにも触《ふ》れない。

ジャージの裏地を、悲しくて握《にぎ》りしめる。

目の前で消えてしまった入館証。あれは、「さようなら」という、「かねやま本館」からの、私への最後のメッセージだったのかな。最終日まで、ちゃんと通いたかった。ナリタクとの約束も、守りたかったのに。

「ナリタク、怒《おこ》ってるだろうな。あのばかって、あきれてるかも……」

力なく笑ったら、涙《なみだ》がこぼれた。眼鏡の隙間《すきま》から人差し指を差しこんで、まぶたに押《お》しあてる。指先が、涙で濡《ぬ》れて熱くなった。

「そっか。もう会えないんだ……」

声に出したら、もう止まらなかった。私は声をあげて泣いてしまった。ああああ、と私の泣き声が夕暮れの田んぼに響《ひび》く。

すぐ近くで、なにごともなかったかのように、カトリヤンマが飛んでいる。

路上の絵

夕暮れの中、呆然《ぼうぜん》とした足取りで、俺《おれ》は塾《じゅく》へと向かっていた。もうとっくに授業が始まっているのはわかっている。いつもだったら、猛《もう》ダッシュで向かうところだが、今日は走る元気はない。

ムギが、規則を破った。つまりもう「かねやま本館」に、あいつは来ない。

「こんなことになるなら、最初から、もっと仲良くしとけばよかった……」

今さら後悔《こうかい》しても遅《おそ》いことはわかっているけど、自分に舌打ちをしたい気分だった。

正直言って、最初ムギのことを、俺は「さえない」と思っていた。単純に、見た目が夕イプじゃない。おどおど自信なさげにしゃべるし、はっきりしない感じが、ちょっといらつく。そんな理由だけで、仲良くなろうともしなかった。すべては、「イケてる」か「イケてない」か、それを基準に判断する、俺の悪い癖《くせ》のせいだ。

「さいっあくだ……」

俺《おれ》は、ばかだ。とんでもない大ばかだ。

「かねやま本館」で、ムギだけじゃない、いろんな中学生に出会って、やっとわかった。自分が、今までどれだけたくさんの、出会いのチャンスをむだにしてきたか。変な思いこみのせいで、「いいやつ」の、「いい部分」を知ることもなく、見過ごしてきたか。

歯を食いしばり、ダンッと右足を地面に打ちつけた。他の誰《だれ》でもない、自分にこんなにいらつくなんて、生まれてはじめての経験だ。

イライラしながら、塾《じゅく》のある大通りを歩いた。ふと、雑居ビルの入り口横で、青いビニールシートを広げ、そこに絵を並べているオジサンが視界に入った。

そういえば、前に菜々実《ななみ》が、路上で絵を売っているオジサンが怖《こわ》い、って、言っていたことがあったたな……。

ちゃんと見たことがなかったけど、たしかにオジサンはヨレヨレのトレーナーに、穴の空いたジーパン。しかも、絵を広げている場所が雑居ビルの入り口横、と、ロケーションもすこぶる悪い。これじゃあ、菜々実が怖いというのも当然な気がする。

だけど、どことなく、本当にどことなくだけど、俺は、「悪い人じゃないんじゃないかな」と思った。その笑顔《えがお》の奥《おく》に、ほんわかした空気を感じたのだ。

とはいえ、別にオジサンの絵を買うつもりもないし、オジサン自体にも用はない。そのまま通りすぎようとしたとき、いちばん手前にあった絵が、俺《おれ》の目に飛びこんできた。

「ん……？」

引きよせられるように、目を細めながら、俺はその絵に近づいた。

色味も派手じゃないし、平凡《へいぼん》で地味な風景画だ。だけど、どうしても目が離《はな》せない。

絵の中心には、かやぶき屋根の平屋。夜の森にかこまれて、丸い窓からは温かな灯《あか》りがもれている。

似ている。ものすごく。

「かねやま本館」に、似ている……！

俺は、すぐに他の作品にも視線をうつした。さっきの風景画と違《ちが》って、他の作品は抽象《ちゅうしょう》的《てき》な絵がほとんどだ。

一面、煙《けむり》のような、白い絵の具に覆《おお》われたキャンバス。

その横の、縦型の絵には、透明《とうめい》の雨の雫《しずく》。それを受けとめる黒い大きな傘《かさ》。

左端《ひだりはし》は、色とりどりの長方形がパズルのように埋《う》めこまれた絵。ちょっと色あせた、和風っぽい色合いの……。

偶然《ぐうぜん》なのか？　いやでも、どの絵にも、あちらこちらに、どこか「かねやま本館」に通じるものがある――気がする。

俺《おれ》は、ゆっくりとオジサンの顔を見た。あごひげをこすりながらにっこり笑っている。近くでよく見ると、肌《はだ》ツヤがいい。意外と若いのかもしれない。もしかしたら三十代前半、下手したら二十代なんじゃないかと思った。だとしたら、オジサンよりおにいさんのほうが正しい。

もしかして、このおにいさん。

「かねやま本館」に行ったことがあるんじゃないか――？

「あの……」

規則を破るわけにはいかない。俺は、慎重《しんちょう》に話さなければと言葉を選んだ。

「これって、その、なにかを、イメージして、描《か》かれているんですか……？」

おにいさんは、興味を持ってくれたことがうれしくてたまらない、というように目尻《めじり》にシワを寄せて微笑《ほほえ》んだ。

「昔見た、どこかも思いだせない澄《す》んだ空気。覚えていないけど、なんでか懐《なつ》かしい愛《いと》おしい風景。たぶん、誰《だれ》の心にも、そういうのがあると思うんだよなぁ。俺《おれ》は、それを描《か》いてるの。自分のために、誰かのために」

わかるかなぁ？　と、おにいさんは笑った。

「……わかります」

俺がそう言うと、おにいさんは少しだけ驚《おどろ》いたような顔をして「わかってくれるかぁ」と、また目尻《めじり》にシワを寄せた。

もしかしたら、この人もムギと同じように、規則を破り、「かねやま本館」の記憶《きおく》を失ってしまった人なのかもしれない。

でも、こうやって心の片隅《かたすみ》には、ちゃんと刻まれているんだ。

あの、ほっとできる場所が。安心できる人たちが。優《やさ》しい愛《いと》しい、あの空間が。

それを形にしたくて、この人は絵を描いているんじゃないだろうか。自分のために、誰かのために。

もっと話を聞いてみたい、と思ったけど、規則に触《ふ》れる気がしたので、結局、それ以上はなにも聞かなかった。

頭を下げて、俺はその場を立ち去った。

あの人のように、世の中には「かねやま本館」に行ったことがある人が、たくさんあふれているのかもしれない。

肌寒《はださむ》くなってきた薄暗《うすぐら》い街を歩きながら、俺《おれ》はぐるぐると思考をめぐらす。

だとしたら、いつからあの場所は存在しているんだ？

何者なんだ？　銀山《かねやま》先生は、小夜子《さよこ》さんは、キヨは。

「かねやま本館」は、いったい、なんなんだ――？

読み方

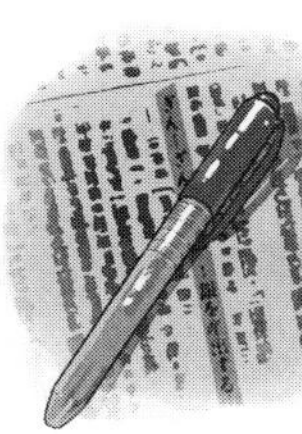

「やっぱり今日もだめかぁ……。どうしてなくなっちゃったんだろうねぇ」

ミツハルくんが、あごに手をあてて、考えこむように眉間《みけん》にシワを寄せている。小さな名探偵《めいたんてい》みたいだ。

今日も、ミツハルくんと私は待ちあわせをして、校舎裏、小さな倉庫までやってきた。

きっと、もうない。わかってはいたけれど、それでも心のどこかで期待していた。

だけどやっぱり、倉庫の裏にはドアはついていなかった。ただただ錆《さ》びついたトタン壁《かべ》が、後ろ側を覆《おお》っている。

肩《かた》を落とす私の横で、ミツハルくんが「不思議だねぇ」と、うなっている。

「おとといまではずっとここに、あったんでしょ？　第二保健室が。それで、中にはえっと、その……」

「銀山《かねやま》先生」

「そう、その先生がいたんだって、おねえちゃん言ってたもんね。どうして急になくなっちゃったんだろうねぇ……。あ。そういえば、かねやま先生って、うちの学校にもいるよ。金の山って書いて、かねやま先生。六年生の担任で、男で、オジサンだけど」

「同じ読み方だね。でも第二保健室の銀山先生はね、銀の山って書いて、かねやまって読むんだよ」

「銀の山?」

「そう」

「かね、って読むのに、ぎんって書くんだね。変なの」

ミツハルくんがそう言ったので、私は「ああたしかに」とうなずいた。

「そういえばそうだね。変わった読み方だよね」

銀山と書いて「かねやま」と読むことを、なんだかあたりまえのように受け入れていたけれど、言われてみればめずらしい読み方だ。

「あ」ミツハルくんが突然《とつぜん》声をあげた。夕焼けに染まる空に、「五時」を知らせる「夕焼け小焼け」の音楽が流れはじめていた。

「僕《ぼく》、そろそろ帰らなきゃ。昨日遅《おそ》くなっちゃったから、五時半までには絶対帰ってきなさいって言われたんだ」

「ほんとだ、もうそんな時間。帰ろう帰ろう」

私はミツハルくんといっしょに立ちあがった。長いこと座《すわ》っていたせいで、私もミツハルくんも、地面の土で、お尻《しり》が黒く汚《よご》れてしまっていた。パンパンとたたいて土を落としてから、私たちは学校を後にした。

帰り道。ミツハルくんがぽつりと口を開いた。

「おねえちゃんの話聞いてたらさ、なんか僕、元気が出てきたよ。そういう場所があるんだって思うだけで、がんばろうって気持ちになる。ねえ、おねえちゃん。また話聞かせてね」

夕焼け色の赤で染まったミツハルくんの頰《ほお》は、温泉でも入ってきたかのように火照《ほて》って見えた。「かねやま本館」には連れていってあげられなかったけど、ミツハルくんを少しでも元気にできたのならうれしい。

「うん、また話そうね。いつでも」

私がそう言うと、ミツハルくんの顔全体に、にかぁっと喜びが広がった。

「うんっ！　約束だよ！」

赤く染まったその笑顔《えがお》は、摘《つ》みたてのトマトみたいだった。

私たちはゆびきりげんまんをした。たった小指の指先だけでも、人の体温は伝わるんだ。

ミツハルくんの小指は、すごくすごく温かい。


帰り道、ひとりになると急に、さっきのミツハルくんの言葉が頭によみがえってきた。

(かね、って読むのに、ぎんって書くんだね。変なの)

妙《みょう》に気になる。どうしても、心の奥《おく》で引っかかる。

大急ぎで家に帰ると、荷物も置かずに、そのまますぐに居間の本棚《ほんだな》から分厚い国語辞典を取りだした。

「あれ、おかえり。どうしたのムギ、バッグもおろさんで」

祖母が声をかけてくれたのに、返事をするのも忘れて、私は夢中で辞書の薄《うす》いページをめくった。

「ぎ、ぎ、ぎ……」

「銀山」という言葉が気になる。ふつうは「かねやま」と、読んだりしない、銀の山、銀山。

もしかしたらなにか、意味があるのかもしれない。銀山先生が誰《だれ》なのか、小夜子《さよこ》さんやキヨ、あの床下《ゆかした》の世界につながるなにかが、「銀山」という文字には隠《かく》されているのかも——……。

「あ、あった」

私は、辞書に黄色い蛍光《けいこう》ペンで線を引いた。そこには、シンプルな説明が一文。

ぎんざん【銀山】　銀を産出する鉱山。銀鉱。

「……なんの関係もなさそうな説明だなぁ」

肩《かた》を落として、うーん、とため息をついていると、後ろから、晩酌《ばんしゃく》をして顔を赤くした父がのぞきこんできた。失礼なことに、人の顔の近くでゲフッとげっぷをしたので、ぷうんと日本酒の香りが鼻に入ってきた。私はちょっとだけ顔をしかめる。でも、父がかわいそうなので、ほんのちょっとだけ顔をしかめた後は、すぐに「もう、お父さんてば」と、笑って流した。

姉が出ていってから、父のお酒を飲む量は確実に増えている。さみしさをごまかそうとしているのかもしれない。

「なんだぁ、ムギ。なに調べてんだ？」

「うん、ちょっとね」

父が目を細めて、辞書の中、蛍光《けいこう》ペンで線を引いた「銀山」の文字を読みあげる。

「ん～？　ぎんざん？」

あわてて辞書を閉じると、父がけらけらと笑った。

「なんだムギ、銀山温泉《ぎんざんおんせん》でも行きたいのか～？　まーだ受験も終わってないくせに、のんきだなぁ」

「え？」

私は動きを止めた。

「お、お父さん。今なんて？」

「ん～？　だから銀山温泉。山形《やまがた》の山奥《やまおく》にある温泉街だろぉ？　なんか最近若い子にも人気らしいなぁ。農協のヤスも今度彼女《かのじょ》と行くんすよ～とか言って、このあいだニヤニヤしてたよ。あのばか、もう彼女のことで頭いっぱいなんだからよぉ」

後ろで母と祖母が、夕飯のおかずを食卓《しょくたく》に並べながら、「あのヤッちゃんが、もうそんな年になったのねぇ～。そうか、もう二十五、六だっけ？」「あのヤンチャ坊主《ぼうず》に、彼女がねぇ」と笑っている。

もはや、そんな会話が遠く、水の中から聞こえるようだった。私は目を見開きながら、心の中で繰《く》りかえす。

銀山、と、温泉。銀山温泉。

ふたつのワードが組みあわさって、胸にズズ、ズズ、とせまってくる。

銀山先生が案内してくれた、不思議な湯治場、「かねやま本館」。

まさか、まさか、実在している？　この、現実世界に？

「山形県に、あるの……？」

先約

「コタロウの散歩、行ってくるねー」

「気ぃつけろよー」

テレビを見ながらくつろいでいる父の声を確認《かくにん》すると、私は急いで玄関《げんかん》を飛びだした。

庭の犬小屋の前では、柴犬《しばいぬ》のコタロウが、準備万端《じゅんびばんたん》で尻尾《しっぽ》を振《ふ》りながら待ちかまえている。

「コタロウ。お姉ちゃんに電話しようか?」

小声でそう声をかけると、コタロウは、それいいねぇ、と言うようにヘッヘッと息荒《いきあら》く、尻尾をますますぶるぶる振った。

プルルルル。プルルルルル。

こうしてコタロウの散歩をしながら、たまに、こっそり姉に電話をする。

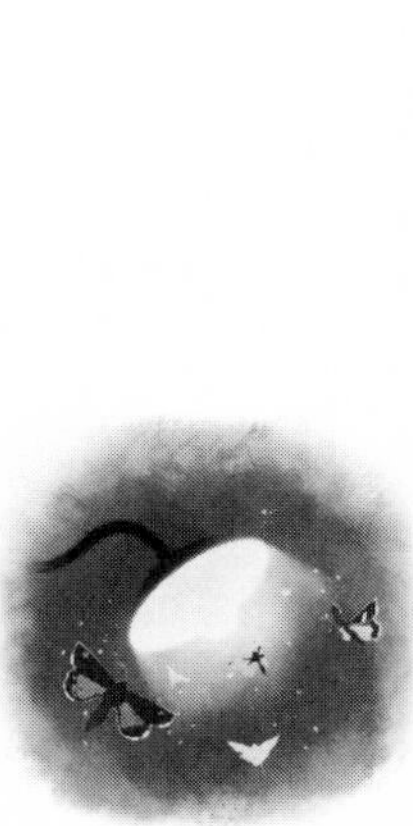

自分の携帯電話《けいたいでんわ》は持っていないので、毎回、祖母のガラケーを借りて電話をする。もう何度も「スマホを買ってほしい」と父に頼《たの》んでいるけれど、「まだ早い」と聞き入れてくれない。

「お父さんね、きっと怖《こわ》いんだと思うよ。世界が広がったら、夏穂《かほ》みたいにムギもどこかに行っちゃうんじゃないかって。だから、スマホを禁止にしてるんだと思う。ムギはいい迷惑《めいわく》だろうけど、今はちょっとがまんしなさい。高校生になったら、お母さんからも頼んであげるから。ね?」

母はそう言って、代わりに祖母のガラケーを借りることは許可してくれた。祖母は最近視力が落ちてきたようで、ほとんど携帯を使う機会はない。いつも、和室で充電《じゅうでん》だけは満タンにしているけど、一日中置きっぱなしのことがほとんどだ。いつでも好きなときに使いなさいね、と祖母自身も快く許してくれている。

プルルルルル。プルルルルル。

前回かけたのは、三か月前。

「お姉ちゃん、今どうしてるの?」と聞いたら、姉は「旅館で仲居をしている」と言うので驚《おどろ》いた。山形県《やまがたけん》の小野川温泉《おのがわおんせん》の旅館で働きはじめたんだー、やっと落ちつける場所が見つかったよー、と、姉はうれしそうに言っていた。

プルルルル。プルルルル。

だめだ、出ない。あきらめかけた七コール目。「もしもーし」と、軽《かろ》やかな声が聞こえた。

「お姉ちゃん！」

「やっぱりムギ！　ばあちゃんの番号だったから、ムギかもなぁって思った。ひさしぶりだねぇ、元気にしてる？」

「うん！　みんな元気だよ！　あの、突然《とつぜん》ごめんなんだけどさ、お姉ちゃん今も、小野川温泉で働いているの？」

「もちろん。毎日しっかり働いてますよ。あ、今日はたまたま休みだけどね。で、突然どうした？　なんかあった？」

「いやあのね、えーっと、あの……、お姉ちゃんさ、銀山温泉《ぎんざんおんせん》って知ってる？」

「え？　銀山？　わかるけど……、なんで急に？」

「わかる!?　よかった。そこってさ、お姉ちゃんの住んでるところから近い？」

「うーん、小野川からは車で二時間くらいかなぁ。どうして？」

「え……」

どうして？　と聞かれて、私は思わず黙《だま》ってしまった。衝動的《しょうどうてき》に姉に電話をしてしまったけど、私は、どうしたいんだろう。銀山温泉の存在を知って、なにがしたいんだろう。

今まで、自分の意見はずっと心の奥底《おくそこ》に押《お》しこんできた。行きたい場所も、欲《ほ》しいものも、そんなの言ったらワガママだって、ぱちんと蓋《ふた》を閉めてきた。自分でカチャンと鍵《かぎ》までかけて。

だけど、どうしても今、むくむくと気持ちが湧《わ》きあがってきて、勝手に蓋を開けてしまう。私、私、どうしても……！

「行ってみたいの！」

自分でも驚《おどろ》くくらい、大きな声が出てしまった。電話の向こうで、姉がはっと息をのんだのがわかった。リードでつながれたコタロウも、ビクッと驚いたようにこっちを向く。

あわてて、私は声のトーンを落として、もう一度言い直した。

「あ、あの、銀山温泉に、行ってみたいなぁって、ちょっと思って……」

圧倒《あっとう》されたのか、姉は数秒沈黙《ちんもく》してから、「へぇ～」と、感心したような声をあげた。

「めずらしいね、ムギが温泉に行きたいなんて」

「うん。行きたいの、銀山温泉に」

「へぇ～！　そんなに行きたいのかぁ！」

笑い声はあげていなかったけど、電話の向こう側で、姉がにっこりと笑っているのが想像できた。

「よし、じゃああたしが連れていってあげよう」

「え！」

「なによ。そのために、あたしに電話してきたんじゃないの？」

「え……。あ、そうだったのかも」

「かもって、なにさ」ガハハハッと、姉が豪快《ごうかい》に笑う。

「いいよいいよ、姉ちゃんのオゴリ！　今度ボーナス出るし、車もあるし。妹孝行ってことで。ムギにはいっぱい迷惑《めいわく》かけたもんね。慰謝料《いしゃりょう》だね、これは」

「いいの!?　お姉ちゃん、ほんとにほんとにありがとう！」

「いいって。で、いつ行く？　せっかくだから一泊《ぱく》しようよ。あ、でもあたしとふたり旅行なんて、バレたら父さんが怒《おこ》るね。ないしょで行くしかないな、これは」

「うん……。でも私、できるだけ早く行きたいの」

「かねやま本館」の、記憶《きおく》がなくなってしまう前に……、という言葉はのみこんだ。

「わかった。まあ家族のことは後で考えるとして、今からだと休みがとれるのはぁ～、えーっと、来週の金土だったら連れていってあげれるよ。あ、でも金曜だと平日だから、学校終わってからになるかな？」

「いや、来週の金曜日は、開校記念日で休みなんだけど……」

「あ、ならちょうどいいじゃん！」

「うん、でも……」

来週の金曜日は、学校の仲良しメンバー、ノッチ、ハナ、ソネちゃん、あーみんの四人と、日帰りで遊園地に行く約束をしている。もう二か月も前から、「受験の息抜《いきぬ》き日《び》」と、計画していた。

ゾウのすべり台。あそこに書かれた、あの落書き。ノッチが書いたんじゃないか、と、心に引っかかりながらも、「あれってなに？」と聞くこともできず、いや、ノッチが書いたんじゃないかもしれない、とわずかに期待する気持ちもあって、結局今までどおり、教室ではみんなといっしょに過ごしていた。

「受験の息抜き日」は、私にとっては最後の砦《とりで》だ。これ以上、みんなとの溝《みぞ》ができるのを、どうにか防がないといけない。

「その日は予定が……」

口ごもった私に、姉は「そっかぁ」と残念そうに言った。

「そこ以外は、週末、休みないんだよねぇ。そしたら来月にする？」

来月……。そこまで、私は「かねやま本館」の記憶《きおく》を保っていられるだろうか。もうすでに、どんどん記憶が薄《うす》れているのに。

銀山温泉に、一日も早く行きたい。なのに、遊園地を断る勇気が出ない。行かなかったら、悪口を言われてしまうかもしれない。そしたら、ノッチだけじゃなく、他のみんなにも嫌《きら》われてしまうかも。ただでさえ、グループの中で私はもうギリギリの存在のはず。だから、課外学習のグループ決めのときも、真っ先に私に声がかかったのだ。あれは、戦力外通告みたいなもの。

「…………」

決めきれない。ああ、なんで私はこうなんだろう。どんなに「かねやま本館」を大事に思っても、結局、学校での居場所を失うのが怖《こわ》い。みんなに嫌われたくない。その気持ちが勝ってしまうなんて。銀山《かねやま》先生や小夜子《さよこ》さんたちに申し訳ない。情けない。

黙《だま》りこんだ私に、姉は優《やさ》しく言った。

「まあ予定があるならしょうがないよ。来月に行こう。そのほうが、あたしもゆっくり宿探せるし。先約は大事にしないとね」

「……うん。ありがとう」

電話を切った後も、もやもやがとれなかった。結局変われない自分が不甲斐《ふがい》なくて、口の中が苦く感じた。

外はもうすっかり夜で、厚手のトレーナーでも寒く感じる。

規則を破っていなければ、今頃《いまごろ》、まだ私の入館証には**【残り十日】**と、有効期限の日数が書かれていたはずだ。考えないようにしようと思っていたのに、どうしても思ってしまった。

畦道《あぜみち》を照らす白い街灯のひとつが、電球切れなのか、ぱちぱち点滅《てんめつ》していた。コタロウが、それに反応してキャンキャン吠《ほ》える。

いつもの散歩道なのに、無性《むしょう》にさみしかった。遊園地を選んだ自分が、悲しかった。

思慕《しぼ》

残りの日数は、あと十日。

「教えてよ。先生は何者？」

俺《おれ》は朝一で「第二保健室」へ向かうと、真っ先に銀山《かねやま》先生にそうたずねた。それがわかったら、ムギとつながれる糸口になる気がした。ムギは、「第二保健室」で銀山先生と会って、そこから床下《ゆかした》の世界に来たと言っていた。つまり、ムギの世界にも銀山先生はいたということだ。

「あのねぇ」

鼻から息を吐《は》いて、銀山先生は布とハサミを机の上に置いた。

「なんでもすぐに答えがもらえると思ったら大まちがい。答えは自分で見つけるもんさ。わかったかい？　これ以上聞いたってむだだよ」

そう言うと、また布とハサミを手にして、ジョギジョギ、と布を切る。

「はぁ～、なんだよ、ちょっとくらいいいじゃん」

先生はもはや返事もせずに、俺《おれ》を追いはらうように手をひらひらさせた。俺は、チッと舌打ちをして、

「わかったよ、もういい。小夜子《さよこ》さんに聞くから」

乱暴にカーテンを開けると、開けっぱなしになっている床《ゆか》の穴から、ハシゴに足をかけた。するすると何段か下りた頃《ころ》、「急《せ》いては事を仕損《しそん》ずる」と言う銀山先生の声が頭上から聞こえて、手ぬぐいがぽさりと俺の頭に落ちてきた。

「え？　なんて言った？」

手ぬぐいをポケットに入れながら、上を見上げると、

「なにごとも焦《あせ》るなってこと」

銀山先生の声が頭上で小さく響《ひび》き、入り口の蓋《ふた》は静かに閉められた。

小夜子さんに聞こうと姿を捜《さが》したが、休憩処《きゅうけいどころ》にも広間にもいなかった。ついでにキヨもいない。仕方なく、俺はひとり、男湯の暖簾《のれん》をくぐった。

呼ばれたのは、**【桜鼠色《さくらねずいろ》の湯】**だった。うっすら灰色がかった、くすんだ桜色。淡《あわ》く儚《はかな》い色に染まった入館証の裏側を、じっと見つめる。

ムギが今日ここにいたら、きっと同じ色だったんだろう。休憩処《きゅうけいどころ》で入館証を見せあって、「また同じ～」って、ふたりで顔をしかめて、そのあと笑うんだ。なんでいっしょなんだよ、真似《まね》すんなって。なにそれ、失礼しちゃうよ。そっちこそ、真似しないで。

だけど、そんな時間は戻《もど》ってこない。ムギがここに来ることは、もうない。

せめて、ムギの分も、ちゃんと浸《つ》かろう。

俺《おれ》はひとりでうなずいて、**【桜鼠色】**の暖簾《のれん》をくぐった。

風呂場《ふろば》の引き戸を開けた瞬間《しゅんかん》、思わず「うわぁっ……」と、声をあげてしまった。

広い浴室の真ん中に、床《ゆか》に埋《う》めこまれるように小さい湯船があった。そこまではふつうなんだけど、浴室の正面の部分だけ、すっかり壁《かべ》がない。まるで巨大《きょだい》な額縁《がくぶち》のように、外の景色が四角くくり抜《ぬ》かれて見える。

外は、夜の闇《やみ》。色づいた、赤や黄色の葉をつけた木々が、下からぼんやりと、灯籠《とうろう》の灯《あか》りで照らされている。しとしとと降る雨が、わずかに葉っぱを揺《ゆ》らしているけど、風はない。これはもう、四角く切りとられた自然のアートだ。

「すご……」

どんな凄腕《すごうで》の画家でも、こんなの見ちゃったら「本物にはかなわないわ」って、やる気なくすよな。それとも、これを自分の筆で再現したいと、やっぱり思うんだろうか。

ふと、このあいだ路上で絵を並べていた、おにいさんが頭に浮《う》かんだ。あの人だったら、この景色の中に、なにかまた別のものを見つけだすのかもしれない。

「はあ……」

目の前の景色に目を奪《うば》われながら、俺《おれ》は湯船に近づいた。迫力《はくりょく》ある景色とは対照的に、くすんだ桜色のお湯が入った湯船は、ちんまりしている。

横に置いてあるヒノキの桶《おけ》で、お湯をすくいとって肩《かた》からかけた。ほどよい熱さに、体がじいんとしびれ、おおおっと、身震《みぶる》いしながら湯船に浸《つ》かると、

「ふ、深っ！」

底なしかと一瞬焦《いっしゅんあせ》って、お湯が口の中に入ってしまった。ゲホゲホむせながら、足をぴんと伸《の》ばす。まっすぐ立つと、鎖骨《さこつ》が隠《かく》れるほどお湯に浸かった。これは、かなり深い。

首にかけていた手ぬぐいに、勝手にお湯が染《し》みこんでいく。それと同時に、ぴたっと底

に張りついた俺《おれ》の足裏、ちょうど土踏《つちふ》まずのあたりから、ぼこぼこと泡《あわ》の塊《かたまり》が生まれ、一気に湯面まで湧《わ》きあがった。

それは、あっという間に黒い湯気となって、目の前に立ちのぼっていく。

「ムギ……」

黒い湯気から現れたのは、制服姿のムギだった。

（『**みどりのゆび**』**計画だね**）

あの森の中で見た、ムギの笑顔《えがお》だった。くったくのない、まっさらな。

「あ……」

お湯の中で、手を伸《の》ばした瞬間《しゅんかん》、湯気はサッと消えてしまった。見事な自然のアートだけが、俺の視界を占領《せんりょう》する。

あぜんとする俺の鎖骨《さこつ》あたりで、手ぬぐいの先がぷかりと浮《う》かんでいた。そっと引《ひ》き抜《ぬ》いて広げてみる。

桜鼠色の湯　効能：思慕《しぼ》

「思慕《しぼ》……」

ちゃんとした意味は知らない。だけど、漢字からじゅうぶん想像できる。

思い、慕《した》う。

急に、胸が締《し》めつけられるように苦しくなり、背中がぞわぞわとうずいた。

深々とした湯船の中で立ちつくしながら、俺《おれ》は、はっきり、はっきりと自分の気持ちと向かいあう。

会いたい。ムギに。もう会えないなんて、そんなの困る。

感情があふれてきて、どうしたらいいのかわからなかった。もう、ほとんど泣きかけていた。いや、泣いていた。恥《は》ずかしいことに。

足を曲げて体を沈《しず》めると、ざ――っと、お湯が湯船からあふれていく。目を半分開けたまま、お湯の中にもぐりこんだ。前髪《まえがみ》が、お湯の中で海藻《かいそう》のように広がる。鼻からぶくぶくと浮《う》かびあがる、小さな泡玉《あわだま》。

(なにごとも焦《あせ》るなってこと)

銀山先生の言葉が、お湯の中で、もわわんと響《ひび》いているような気がした。ずぶずぶ底に沈みながら、俺は心の中で反論する。

やっぱ焦《あせ》るって！　こうしている間にも、ムギは俺《おれ》を忘れてしまう……！

休憩処《きゅうけいどころ》に向かうと、小夜子さんがひとりで座《すわ》っていた。

「まあまあ。のぼせたんじゃないですか？　さあ、お冷やをどうぞ」

俺は、だいぶ顔が火照《ほて》っていたようだ。

自分でもぽおっと体が熱を持っているのを感じながら、小夜子さんが出してくれたグラスを受けとった。ごくんごくんと、喉仏《のどぼとけ》が波打って、喉《のど》から胃へと冷たい道ができる。ぷはっと一気飲みをして、グラスをテーブルの上に置いた。

「小夜子さん」

「はい」

小夜子さんが微笑《ほほえ》みを浮《う》かべながら、俺のほうを向いて座りなおした。

「教えてください。銀山先生は、何者なんですか？　小夜子さんやキヨは、どこから来ているんですか？」

「…………」

小夜子さんは、少しだけ目を細めて、それから申し訳なさそうに眉根《まゆね》を寄せた。どんな顔をしても、やっぱりきれいだ。もう何度も会って話しているのに、いまだに、その美しさに圧倒《あっとう》される。

「ナリタクさん」

「はい」

ごくんと唾《つば》を飲みこみながら、俺《おれ》は小夜子さんをまっすぐ見つめつづける。

銀山先生に聞いたときよりも、圧倒的に緊張《きんちょう》していた。小夜子さんなら、はぐらかさない。きっと、真実を教えてくれる。

「もう一度、言います。それはナリタクさんが見つけだすことで、私が教えることではないんです。自分で見つけてください、真実を」

「そんな……！」

そのとき、玄関《げんかん》のほうから、「小夜子さぁぁぁん！　お客さぁぁぁぁん！」とキヨの声が聞こえてきた。小夜子さんは、ハッと後ろを振《ふ》りむき、「ごめんなさい。ちょっと行ってきますね」と、立ちあがると、休憩処《きゅうけいどころ》を出ていってしまった。

「マジかよ……。結局、誰《だれ》も教えてくれないんだ、小夜子さんまで」

ひとりになった休憩処で、俺は仰向《あおむ》けになって寝転《ねころ》がった。長湯をしすぎたからか、体にまだ力が、ちゃんと入らない。背中にあたる畳《たたみ》が、ふにゃふにゃして感じた。

ここがなんなのか、それがわかれば、元の世界でムギを見つけるヒントになると思った。だけど、どうやらそれは、自分で解明しなくてはいけない「謎《なぞ》」みたいだ。

天井《てんじょう》の木目を見上げながら、俺《おれ》はほあっと息を吐《は》く。

「真実って、なんなんだよ……」


遅《おく》れて行った塾《じゅく》の教室でも、頭の芯《しん》が火照《ほて》ったまま、俺はぼんやりしていた。

「どうしたナリタク」

「熱でもあんじゃねぇの?」

休み時間、塾のメンバーが次々に声をかけてきたけど、「ああ、うん」「いや大丈夫《だいじょうぶ》」と、気の抜《ぬ》けた返事しかできない。

授業中も、ずっと小夜子さんの言葉が繰《く》りかえし頭の中に流れていた。

(もう一度、言います。それはナリタクさんが見つけだすことで、私が教えることではないんです。自分で見つけてください、真実を)

何回も、何十回も、その言葉を反芻《はんすう》しているうちに、俺はあることに気づいた。

「あっ!」

思わず大きな声を出してしまった。

「なんだ、どうしたっ」

ホワイトボードに板書していた社会の岸《きし》先生が、驚《おどろ》いて振《ふ》りむいた。教室にいたみんなもいっせいに俺《おれ》のほうを向く。

「すみません、なんでもないです」

「びっくりさせないでくれよ。先生、年号まちがえちゃったかと思ったよ。あ、あってるよな? 五八一年で」

「あってます」

ははははっと、教室に和《なご》やかな笑い声が響《ひび》く。

しっかりしてよー、先生。

いやぁ、成増《なります》がでかい声出すからさぁ。

岸先生のナイスキャラのおかげで、俺への視線は、あっという間にさあっと波が引いた。

前の席に座《すわ》る菜々実《ななみ》だけが、あいかわらず大きな目でこちらを見ながら、「やっぱり最近おかしいよ」と、ひそひそ声で訴《うった》えてくる。

大丈夫大丈夫《だいじょうぶ》、と、それを軽くかわし、落ちつけ、と自分に言い聞かせながら、椅子《いす》に座《すわ》りなおした。

ちゃんと、頭の中を整理しよう。ふうっと深呼吸をひとつする。

（もう一度、言います。それはナリタクさんが見つけだすことで、私が教えることではないんです。自分で見つけてください、真実を）

小夜子さんは、たしかに言った。

「もう一度、言います」、と。

小夜子さんに質問したのは、あのときの一回だけだ。なのになぜ、「もう一度、言います」と、小夜子さんは言ったんだ？

二回、質問をされたわけでもあるまいし。

前髪《まえがみ》を左手でわしゃっとかきあげながら、俺《おれ》は下を向いて考える。

なんでだ？　なんで……。

（小夜子さんって、月下美人に似てんだろ？）

ふいに、初日にキヨがそう言っていたことを思いだした。

キヨに言われたときは、「月下美人」が花だということすらわからず、「ああ、月下美人ね。似てる似てる」と、適当なことを言ってしまったけど、帰宅してから急いでスマホで調べた。

月下美人は夜に、しかも年に数回しか咲《さ》かない花。白く繊細《せんさい》で、でも凜《りん》とした強さを持つ、神秘的で、とてつもなく美しい花。スマホの画面からでも伝わるほど、その美しさには迫力《はくりょく》があった。

だけど、昼間見ると、咲いているときの美しさとは比べ物にならないくらい、わびしい姿になってしまう。夜だけ本当の姿を現す、月下美人。

正直、同じ花とは思えないほど、見た目には違《ちが》いがある。同じ花なのに、昼と夜ではまったく――。

ピン、と、頭の中で音がして、つながった一本の線。

うそだろ。まさか――――。

歴史

「ちょっとー、ムギ。話、聞いてるー？」

ハッと顔を上げて振《ふ》りむくと、後部座席からノッチが、目を細めている。

「ああ、ごめん。聞いてなかった」

「ええ～。どのアトラクションに乗るかちゃんと計画しとかないと、全部まわりきれないじゃん。どれから乗るかって話。せっかくの遠出なんだからさぁ、ちゃんと話に参加してよ～」

「うん、ごめん、そうだね。でも私、なんでもいいよ。苦手な乗り物ないし」

「そういう問題じゃなくてさぁ～。あー、ほんとムギは天然だなぁ」

ノッチの言葉に、その横に座《すわ》るソネちゃん、三列目のあーみんとハナも「たしかにー」と、笑った。私の隣《となり》、運転席に座るノッチのお父さんも、「そこがムギちゃんのいいとこ

ろなんだよな」と笑う。

はは……、と愛想笑《あいそわら》いを浮《う》かべながら、私はいつもノッチが言う「ムギは天然」発言に、心がざらりとする。別に「天然キャラ」が悪いわけじゃない。だけど、ノッチがそれを口にするとき、どうしても思ってしまう。私へのイライラを、「天然」というオブラートに包んでぶつけているだけなんじゃないの？　だって、ノッチ、すごくいらだった顔をしている。それに私、「天然」って言われるようなこと、少しも言ってない。

だけど、いつもどおり、出したい言葉は、喉《のど》よりもっとずっと下で止まって、そのまましゅるしゅるしゅると勢いをなくしていく。結局、こうだ。私は、ちっとも変わっていない。

「まずはやっぱ絶叫《ぜっきょう》でしょ」

「ええ～、最初からはキツくない？　朝ごはん口から出ちゃうよ」

「きたなっ！　絶対、あーみんの隣《となり》に乗るのやめとこ！」

「ソネちゃん、ひどっ」

ヒャハハハハ。

私の後ろで、みんなが楽しそうに意見を交《か》わしている。

今日は「受験の息抜《いきぬ》き日《び》」。みんなで遊園地へ行く日。

今、私たちは、ノッチのお父さんが運転するワンボックスカーに乗って、最寄り駅《もよりえき》まで向かっている。

ノッチのお父さんが、私たちひとりひとりを車で迎《むか》えに来てくれて、ピックアップしてくれた。私が、車に乗りこもうとしたときには、もうみんなは後部座席に座《すわ》っていて、空いているのは助手席だけだった。

「ムギ、おはよう～」と、挨拶《あいさつ》はしてくれたけど、四人はすでになにかの話で盛りあがっていたようで、会話に入ることができなかった。

ついさっきまでは、「お父さん元気にしてるかい？」と、私に気を遣《つか》って話しかけてくれてたノッチのお父さんも、さすがにネタがなくなったのか、流している音楽に耳を傾《かたむ》けながら無言で運転している。

後ろで、ドッと笑いが起きた。自分の肩越《かたご》しにちらりと後ろを見ると、ノッチが手をたたいて爆笑《ばくしょう》している。みんなもげらげら笑っていたけれど、私にはなんで笑ったのか、聞きとれなかった。

みんなにとって私って、なんなんだろう……。

座席に深くもたれて、窓の外を眺《なが》めた。街並みが、どんどん後ろに流れていく。「あたし、晴れ女なんだよね～」と、さっきノッチが言っていたけど、本当に見事な快晴だ。

（銀山温泉《ぎんざんおんせん》に行くの、ほんとに来月でいいの？　あたし、明日まだ、予定空けてるけど）

昨晩の、電話越《でんわご》しの姉の言葉が、また私をぼんやりさせる。

私が昨日、姉に電話をしたのは、まだ迷ってたからかもしれない。

家族が寝静《ねしず》まった深夜一時に、また祖母のガラケーを借りて、自分の部屋から電話をした。

「ごめんね、お姉ちゃん。起きてた？」

「起きてた起きてたー、ぜんぜん大丈夫《だいじょうぶ》。ムギに伝えたいことがあったから、かけてくれてちょうどよかったよ」

「伝えたいこと？」

「そう。あれからいろいろ調べてみたんだけどね、銀山温泉って、めっちゃくちゃすてきなとこなんだねー。びっくりしちゃった。ムギが行きたいって言ったのわかるわ」

「ほんと!?　え、どんな感じなの!?」

「ええ？　写真とかで見たことないの？　それでよく行きたいって思ったねぇ。あ、でもそっか。ムギ、スマホもパソコンも持ってないもんね、仕方ないか」

「で、で、どんなだったの!?」

「あたしもスマホでちょっと調べただけだけど、なんかレトロで豪華《ごうか》な旅館が並んでて、映画の世界みたいだったよ。ちょっと異世界って感じ。あたしの勤め先の女将《おかみ》にも、おすすめの宿聞いたからさ、そこ予約しとく？　せっかくだから、遠慮《えんりょ》しないで豪華なところに泊《と》まろうよー。あたしもそのほうがうれしいし。まあまだ時間あるから、すぐに決めなくてもいいんだけどね」

「へぇ……」

豪華な旅館、というのを聞いて、少し拍子抜《ひょうしぬ》けした。「かねやま本館」のような、かやぶき屋根の宿は、ないんだろうか。

「お姉ちゃん、いろいろありがとう。あのさ、湯治場宿ってないのかな？　かやぶき屋根の」

「ちょっ、なになに？　とーじばぁ？　かやぶきぃ？」

「お湯で治す、場所、って書いて湯治場。ほんとごめん。スマホで検索《けんさく》してもらえる？　かやぶき屋根の、湯治場って」

「なにそれ。超《ちょう》マニアックじゃない？　まあいいけどさぁ、調べるからちょっと待って」

がさがさっと音がして、しばらく無音が続いた後、「ぎんざんおんせん、かやぶきやね、とうじば」と、姉がぶつぶつ言っている声が聞こえた。

「んん～？　え～、これかな。あ、違《ちが》う。え、あ、これぇ？」

「あった？」

「んー、ないね。ってか、銀山温泉にかやぶき屋根の宿は、今はないっぽいよ」

「今は？」

「うん。検索《けんさく》すると、銀山温泉の歴史ってページに飛んじゃう。それしかないねぇ」

「お姉ちゃん、ごめん。それちょっと、読んでくれない？　そのページ」

「ええ～？　めんどくさっ。もう、しょうがないなぁ……。ええっとぉ、**銀山温泉には、かやぶき屋根の木造平屋や、二階建ての旅館が並ぶ湯治場がありましたが、大正二年、銀《ぎん》山川《ざんがわ》の大洪水《だいこうずい》でほとんどの温泉宿が流されてしまいました。大正十年に銀山川の水を利用した発電所が作られ、その後の復興の足掛《あしが》かりとなっていきます**――、だって。なんだ、そのかやぶき屋根の湯治場、だっけ？　それがあったのは、大正時代の話みたいよ。今は、ぜんぜんそんなんじゃない、もっともっと豪華《ごうか》な感じ。今の温泉街、すっごいきれいよ、写真見せたいくらい。あー、早くムギもスマホ買ってもらいなよ」

「大正二年の大洪水《だいこうずい》……？」

かやぶき屋根の湯治場は、流されてしまった……？

私の頭に、あの森の中を歩いた日、ナリタクが言っていた言葉がよみがえった。

（**もしかして、死後の世界だったりしてな……**）

「いやいや、まさか……」

苦笑いしながら首を横に振《ふ》った。でも、そうつぶやきながらも、「まさか」という気持ちと同じくらい、「やっぱり」という気持ちが湧《わ》きあがってくる。

「かねやま本館」は、この世界にはない。もうずっとずっと前に失われてしまった場所？

ナリタクがあの日言ったように――？

そこまで考えて、ハッとした。

ナリタク。ナリタクの顔が思いだせない。うそ。うそ。うそうそうそ。さあっと血の気が引いた。心臓がドッドッドッと速くなる。

顔だけじゃない。あの日、森の中でなにかを計画したよね。すごくいいアイディアで、私の重かった心が、ふ、って軽くなった、あの秘密の計画。それは、それはなんだった？

計画したことは覚えているのに、内容が思いだせない。

「……ねえ、ムギ？」

急に黙《だま》りこんだ私に、姉が言った。

「銀山温泉に行くの、ほんとに来月でいいの？　あたし、明日まだ、予定空けてるけど」

姉がそう言ってくれたのに、本当は銀山温泉のことが気になってしょうがないのに。

結局、私はこうして今、みんなといっしょに車に乗っている。

ドタキャンなんかしたら、なんて言われるかわからない。嫌《きら》われたくない、波風をたてたくない。「かねやま本館」で、少しずつペリペリとはがれかけていた思いが、再び私を抑《おさ》えつける。

やっぱり私には、もっと必要だった。有効期限ギリギリまで、あの場所で、温泉に浸《つ》かるべきだった。足りない、ぜんぜん足りなかったんだ。記憶《きおく》が薄《うす》れていくのと同時に、あそこで学んだ大事なことまで、私は失《な》くしていくのかもしれない。唇《くちびる》をかんでうつむいた私に、後ろからノッチの声が降りかかる。

「ちょっとムギ、寝《ね》ないでよー。ほんと、どんだけ天然なの」

再会

「じゃあ、オジサンまた六時に迎《むか》えに来るから。みんな楽しんでおいでな」

ノッチのお父さんにそう言って見送られ、私たちは小走りで駅のホームに向かった。

「やば、意外と時間ない。あと五分で電車来ちゃうよ」

「きゃー、ダッシュダッシュ」

タタタタッと、みんなが階段を駆《か》けあがっていく。私はいちばん後ろから、おそろいの黒いパーカーを着たみんなを追いかける。

(みんなで黒、着ようよ。おソロコーデ)

ノッチの発案で、今日はみんな黒い服を着ている。ノッチは前に、例のギャル軍団が、おそろいの服で出かけているのを「ばかみたい」って陰《かげ》で言っていたのに、やっぱりちょっと憧《あこが》れがあったのかもしれない。私は黒いパーカーは持っていなかったので、お姉

ちゃんの部屋に残っていたものを借りた。フードの部分にメタリックなピンクの蝶《ちょう》のイラストが入っていて、少しも私の好みじゃないし、たぶんぜんぜん似合っていない。恥《は》ずかしいから、蝶があまり見えないように、フードをわざとくしゃっと縮ませた。

ホームに並んで立つと、すぐに構内アナウンスが流れてきた。

「まもなく上り線、普通電車《ふつうでんしゃ》が到着《とうちゃく》いたします。白線の内側に下がってお待ちください」

めっちゃギリじゃん、と笑うみんなの横で、私は向かい側のホームの屋根の上に、視線を向ける。

青い、すがすがしいほど澄《す》んだ空が広がっていた。どこまでもぱかんと明るい、潔《いさぎよ》い青。

この、青……。

急に、胸にわっ、と映像が浮《う》かんだ。

私が、「かねやま本館」で着ていた、あの、空色の甚平《じんべい》。

そう、そうだ。あそこで出会った、他の中学生たちもみんな、着ていたのは、この色。

羽根みたいに軽《かろ》やかで、涼《すず》しくて、心地《ここち》がよかった。着るたびに、重いものは全部、一回置いてきていいんだ、それを許されているんだ、って、そんな気持ちになって。

だけど私、どうしよう。もう思いだせないよ。いっしょにおそろいの甚平《じんべい》を着ていた、仲間たちを。いっしょに芋煮汁《いもにじる》を食べて笑ったのは、どんな子たちだった？　最初は感じが悪かったけど、話してみたらおもしろい人だった、あの男子。ついさっきまで、あだ名は覚えていたはず。なのに、もうそれすらもわからない。彼《かれ》はなんてあだ名で、どんな顔をしてた？　なにかとても大切な約束を、わくわくするような計画をしたはず。でも、それがもう、どうしてもどうしても思いだせない。

ああ、どうしよう、どうしよう。絶対、忘れたくない。忘れたくないのに――。

せめて。せめてせめてせめて。思い出を失っても、あそこで感じた幸せだけは、忘れたくない。あの心地《ここち》よさを、のびのびとした開放感を。大事な大事な人たちと出会えたことを。

電車が、大きな振動《しんどう》とともにホームにすべりこんできても、私はずっと青い空から目が離《はな》せない。プシューッとドアが開いて、みんながわいわい乗りこんでいく。

それでも、私は空から目が離せない。

「ムギー？　ちょっとなにしてんの、早くー」

あーみんなが目を丸くして、車内から手招いている。他のみんなはもう座席に座《すわ》っていて、あーみんが言うまで、私が電車に乗っていないことにも気づかなかったようだ。

「え。どしたの、ムギ」

「早く〜、出発しちゃうよぉ〜」

発車音が鳴《な》り響《ひび》く。やっと空から視線をはずし、車内にいるみんなをまっすぐ見つめた。

「……みんな、ごめん！　私、今日は行けない。ほんと、ほんとにごめんなさい」

「ええ!?」

ギョッと目を丸くするあーみんの前で、プシューッと音をたててドアが閉まった。他のみんなも座席から立ちあがり、「えええええ!?」と、あわてたようにドアの前に駆《か》けよる。

「ごめんっ」

私は頭を下げて、目をつむった。

勝手なことして、わがまま言って、みんなごめん。ごめんなさい。だけど、私、どうしてもどうしても、やっぱり行きたい。銀山温泉《ぎんざんおんせん》に行って、確かめたい。

ガタン、と電車は動きだし、あっという間に音が遠のいていく。私は完全に音が聞こえなくなるまで、ぎゅっと目をつむったまま頭を下げつづけた。

きっと怒《おこ》ってるよね。当然だ。こんなドタキャンって、ひどい。最低。

だけど、それも受けとめようと思った。全部、受けとめよう。怒られても、嫌《きら》われても。

顔を上げた。パーカーのポケットに手を入れ、「遠出するんだから持っときなさい」と持たされた、祖母のガラケーを取りだす。まだ震《ふる》えている手で、アドレス帳の「か行」のところから、「夏穂《かほ》」の番号を探し、通話のボタンを押《お》した。

プルル……。

すぐに電話に出た姉は、

「そろそろかかってくるかもって、待ってました」と、電話口で笑った。

反対側のホームから、別方向の在来線に乗り、姉が指定した駅まで向かった。

電車の中で、何度もガラケーがぶるぶる震えた。あーみんの番号。出ようかと思ったけれど、戸惑《とまど》っているうちに電話は切れた。すぐに、あーみんからメールが入る。

ムギ、なにごと？　うちらなんかした？

少し考えてから返信を打つ。

驚《おどろ》かせてごめんね。どうしても行かなきゃいけない場所があって。みんな楽しんできてね。

送信ボタンを押《お》したら、さすがにドキドキした。ついさっきまで、全部を受けとめようと腹をくくっていたはずなのに、やっぱり私は小心者だ。

少しして、あーみんから返信が来た。

ムギがいないと、さみしいよ。みんな言ってるよ。

文章の最後に、涙《なみだ》マークの絵文字が入っていた。それを見たとき、ああ、と声がもれた。

ずっとずっと言われたかったんだ、その言葉を。ムギがいないとさみしいよ、って。私ひとりがいなくても、みんなはなにも変わらない。そう思ってた。だから、心の奥《おく》で叫《さけ》んでた。ねえみんな、私もいるよ！　って。みんなにもっと、かまってほしかったんだ。

私ってば、なんて子どもなんだろう。究極の「かまってちゃん」じゃないか。

あーみん、ありがとう。また今度、ゆっくり話すね。

メールを打って、ぱちんとガラケーを閉じた。あーみんは優《やさ》しいから、「みんな言ってるよ」は本当かどうかわからない。気が強いノッチが、そう言うとはとても思えないし、その証拠《しょうこ》に、他のみんなからは電話もメールもない。

でも、それでもいい、と思った。少なくともあーみんが「さみしい」と言ってくれた。その優《やさ》しさを、その気持ちを大事にしたい。

電車の揺《ゆ》れに身を任せながら、心が軽くなっていくのを感じた。

決めた。これからは、そうしよう。自分に向けられた優しい気持ちに、たくさん目を向けよう。それ以外は、見なかったことにしたっていい。全部を受けとめる必要なんて、ないんだから。私はそんなに強くないし。

ガタン、ガタタン。

駅のホームが小さく見えてきた。電車の速度が、もどかしいほどゆっくりに感じる。

胸《むね》の奥《おく》が熱くなる。

やっと、もうすぐ、お姉ちゃんに会える。

駅のロータリーで、白いミニバンに乗っている姉を見たときは、一瞬《いっしゅん》、誰《だれ》だかわからなかった。

まず、髪《かみ》が金髪《きんぱつ》じゃない。落ちついたブラウンに変わっていたし、肩《かた》までの長さまで短くなっている。メイクも服装も、以前よりシンプルになっていた。ベージュの薄手《うすで》のニットが、よく似合っている。なんだか、私の姉じゃないみたい。どこからどう見ても、「きれいな大人のお姉さん」だ。

車から出てきた姉は、わあっと顔を輝《かがや》かせて、すごい勢いで私を抱《だ》きしめた。

「ムギ――！　ひさしぶり！」

電話で連絡《れんらく》をとっていたとはいえ、会うのは三年ぶりだった。

以前は私よりずっと背が高かった姉だけど、今はほとんど同じくらい。私の背が伸《の》びたんだ。ぎゅうっと抱きしめられると、懐《なつ》かしい姉の匂《にお》いがした。ああ、見た目は変わったけど、やっぱりお姉ちゃんはお姉ちゃんだ。

いろんな気持ちが混ざりあって、胸がいっぱいになる。

元気でよかった。お姉ちゃん、会いたかった、会いたかったよ、お姉ちゃん。

私をぎゅうぎゅう抱きしめながら、姉のほうが先に「ううう」と泣いた。

「く、苦しいって」

「だってぇ、だって、こんな大きくなって。ムギ、すごいよぉ、大人になったねぇ」

「お姉ちゃん、大げさ」

そう言いながらも私はうれしくて、しばらくそのまま姉の腕《うで》の中にいた。

私が着ているパーカーに気づいた姉が「あたしの昔着てたやつ着てるぅ～。ぜんぜんムギっぽくない～」と、笑いながら涙《なみだ》をぬぐった。


助手席から運転する姉を見るのなんて、もしかしたらはじめてかもしれない。

「お姉ちゃん、今日私から連絡《れんらく》がくるって、なんでわかったの？」

「え～？　だってムギって昔からわかりやすいじゃん。先約があったとしても、本当はどうしても早く銀山温泉に行きたいんだろうなって、声でわかったよ。すぐわかる。ほんと昔から変わんないよ。がまんして気持ちを押《お》さえこんでも、顔とか声に出ちゃうんだよね」

運転しながら、姉はハハッと笑った。

「そっか。私って、わかりやすいんだね……。自分では隠《かく》しきれていると思ってたけど、なんか恥《は》ずかしいな」

「まあ、そこがムギのかわいいところだけどね。……あ、そうだ。ねえ、父さんたちに連絡しときなよ。もうさすがに腹をくくって、あたしも電話に出るつもりだから。今日は銀山温泉に一泊《ぱく》するつもりだし」

「え！　一泊⁉」

「そうよぉ。あたし、もう宿とったからね。さっき、ムギから電話きてすぐに予約しちゃった。……ねぇ、どんな宿だと思う？」

ニヤリと笑いながら、姉がちらりと目線を私に向ける。

「え？　なに？　わかんない」

「ムギさんご希望の、かやぶき屋根の湯治場宿」

「えっ……！　だって、それはもうないって、昔の話だって言ってたよね？」

「そう。そうなんだけどね、うちの旅館の女将《おかみ》に聞いてみたら、一軒《けん》だけなら今もあるわよ～って言うの。なんかそこ、インターネットには一切《いっさい》情報をのせない主義らしくて、予約は電話のみでね。うちの女将が電話番号教えてくれたから、さっきダメもとで連絡《れんらく》してみたらさ、部屋空いてますよって言うんだもん。これは運命だーって、即《そく》、予約。でもさぁ、そこって、そうとう質素な宿みたいだよ。銀山だったらもっと豪華《ごうか》な旅館、たくさんあるのにって、うちの女将も言ってたくらい。ほんとにそこでいいの？」

私は、食い気味に答えた。

「うん！　絶対、絶対そこがいい！」

「ははっ。そう言うと思った。ほんと、変わった趣味《しゅみ》だよねぇ、ムギも」

「ありがとうお姉ちゃん！　うれしい、すごくうれしい！　……あ、それで、その宿ってなんていう名前なの？」

「ああー、えーっとなんだっけ、そうそう……」

姉が運転しながら、ジーンズのポケットから一枚のメモを取りだし、「ほい」と、こっちに差しだした。

「かねやま分館、だって。でも、分館っていっても、本館は存在しないらしいよ。なんだそりゃ、ウケるよね」

私は絶句した。取りそこねたメモが、ひらひらと足元に落ちる。

「か、かねやま分館……!?」

真実

銀山温泉《ぎんざんおんせん》は、言葉を失うくらい美しい場所だった。

紅葉の山にかこまれて、何軒《なんげん》もの木造の旅館が、川をはさんで両側に立ちならんでいる。真ん中を流れる銀山川《ぎんざんがわ》は、まばゆい太陽の光を浴びて輝《かがや》きながら、目の前を流れていく。

「えー、ちょっと、すごすぎない？　これは感動だわ。ねぇ、やっぱり、こっちの旅館に変えちゃう？」

豪勢《ごうせい》な旅館を前にして、姉がそう言ったけれど、私は首を横に振《ふ》った。

きっと、呼ばれている。あの場所に。

「かねやま本館」に、私は呼ばれている。

メイン通りから少し離《はな》れたところに、ひっそりと**【かねやま分館】**はたたずんでいた。

かやぶきの屋根の平屋。ガラス戸や窓からこぼれる、黄色いおだやかな灯《あか》り。屋根の向こう側からは、青空に吸いこまれるように白い煙《けむり》が立ちのぼっている。そのまわりを取りかこむ、うっそうとしたブナの森。

「似てる……」

驚《おどろ》くほど、外観は似ている。もう二度と、永久に行けないと思っていた場所なのに、今、目の前にあることが信じられなかった。だめだ、手が震《ふる》える。今にも涙《なみだ》があふれてきそうだった。

「なるほど。これはこれで、結構いいかもね。ザ・日本昔ばなし、って感じで。さーて、入りますか」

私は姉に気づかれないように、あわてて眼鏡の隙間《すきま》から目をこすった。そして、姉に続いて石畳《いしだたみ》を一歩一歩進んだ。

「いらっしゃいませ」

出迎《でむか》えてくれた女将《おかみ》は、小夜子《さよこ》さんではなく、優《やさ》しそうな丸顔のおばあちゃんだった。もしかして、小夜子さんの未来の姿？　とも考えたけれど、身長も顔も、あまりにも違《ちが》いすぎる。どう見ても別人だ。

かやぶき屋根の平屋は、外観こそよく似ていたけど、中は少し違《ちが》った。細長い土間と、中心に囲炉裏《いろり》のある広間はいっしょだけど、正面は受付カウンター、右側は客室に続く通路、左側はちょっとしたお土産《みやげ》コーナーになっている。だいぶ古い建物のようで、一歩進むたびに、みしみしと板が鳴った。

受付でチェックインを済ますと、小柄《こがら》なおじいさんが温かいお茶を持ってきてくれた。女将《おかみ》の旦那《だんな》さんで、ここのオーナーだという。このおじいさんも、小夜子さんには少しも似ていない。それに、キヨにも——。

そこまで考えて、え？　と私は眉《まゆ》をひそめた。

ちょっと待って。そもそも、キヨってどんな顔だった……？　うそ。やだ。どうしよう。キヨのことまで忘れちゃうの？　落ちつけ、私。落ちつけ、落ちつけ、大丈夫《だいじょうぶ》。冷静になろう、そうすればきっと思いだせる。

だけど、考えても考えても、キヨの顔が出てこない。坊主頭《ぼうずあたま》だってこと、着ていた甚平《じんべい》が、小豆色《あずきいろ》だったことは思いだせるのに。

かたまっている私の横で、オーナーがにっこりと微笑《ほほえ》んだ。

「うちは、豪華《ごうか》な宿じゃないですけどね。とにかく、全部を忘れて、ゆーっくり休んでいってください」

「はぁ～い」

オーナーからお茶を受けとった姉が、はしゃいだ声を出した。ズズッと口にして、

「ああっ、なんかこれ、ふつうの緑茶と違《ちが》う。超《ちょう》おいしいですねぇ、はじめての味だ、あったまるぅ」

「三年番茶といいます。おいしいでしょう？」

私は、ハッと、オーナーを見つめた。

「三年番茶……？」

手にした湯呑《ゆの》みの中をのぞくと、きつね色のお茶が揺《ゆ》れている。

芋煮会《いもにかい》の日、小夜子さんが出してくれたお茶。あれがたしか三年番茶だった。あのときは冷たいお茶だったけど、まちがいない。たしかに、こんな色だった。

オーナーが、人の良さそうな笑《え》みを浮《う》かべながら、

「いやぁ、うちの親父《おやじ》がねぇ、このお茶がいちばんうまいから、お客さんには必ずこれを出すようにってこだわってましてねぇ。たしかにおいしいですよねぇ、体にもすごく良《い》いですし」

「へぇ～」と、姉が体を揺《ゆ》らした。

「親父《おやじ》って、オーナーさんの、お父さんってことですよね？　すごぉい、お元気なんですか？」

「いやいや、まさかぁ」オーナーが笑った。

「私がもう、今年で八十ですよ。親父はとっくに亡《な》くなってます。でもここの初代オーナーだったんでね、親父の言ってたことは、ちゃあんと守ってるんですよ」

秀雄《ひでお》さーん、ちょっといいですかー？

受付の奥《おく》から、女将《おかみ》さんが呼んでいる。「ああ、すみません。では」と、オーナーが立ちあがり、暖簾《のれん》の奥へと戻《もど》っていった。

三年番茶。オーナーの亡くなったお父さんのこだわり……。私は首をかしげながら、熱々のお茶をすすった。

客室は、シンプルな和室だった。

どことなく「かねやま本館」の休憩処《きゅうけいどころ》と似ているような気もするけど、その記憶《きおく》ももうおぼろげだ。

記憶《きおく》が、勢いを増して、どんどんこぼれ落ちていく。食い止めることができない……。

横にいた姉が、ふあぁとあくびをした。

「ねぇ、ごめんムギ。あたしちょっと昼寝《ひるね》していいかな?」

「もちろん。ほんと、運転お疲《つか》れさまでした。布団《ふとん》、敷《し》こうか?」

「ううん、これでいい」

置いてあった座布団《ざぶとん》を三つつなげて、姉がごろんと横になった。運転だけじゃなく、さっき、ひさしぶりに父と電話をして、本当はすごく緊張《きんちょう》したんだと思う。


——それは途中《とちゅう》、立ち寄ったコンビニの駐車場《ちゅうしゃじょう》でのこと。

私は祖母のガラケーで父に電話をした。

「お姉ちゃんと銀山温泉に一泊《ぱく》してくる」

そう言った私に、父は「はい~!?」と、電話口で声をあげた。同級生と遊園地に行くはずが、なんで突然《とつぜん》そんなことになったのか理解できないようで、「なになになに、なんで突然? 夏穂《かほ》と連絡《れんらく》とってたのかぁ!?」と、それはもう大パニックだった。

「だめだ、お父さん混乱してる」と私が言うと、姉は苦笑いしながらも、電話を代わってくれた。

姉の手は、震《ふる》えていた。ガラケーについている、勾玉《まがたま》のストラップが小刻みに揺《ゆ》れた。

「……父さん？　夏穂、です」

か細い、やっとのことで喉《のど》を通ったような姉の声に、私にも緊張《きんちょう》が走った。

お姉ちゃん、がんばって。両手を「祈《いの》るポーズ」にしながら、私は姉をじっと見つめる。

さっきまでは、電話から耳を離《はな》しても、わんわん響《ひび》いていた父の声が、ぱたりと聞こえなくなった。

「父さん……？」

姉がもう一度、呼びかける。今にも泣きだしそうな表情に、私の胸もきゅうきゅうと切なくなる。

お父さん、なにか言ってよ、お姉ちゃんに、なにか――――！

目をぎゅっとつぶりながらそう祈ったとき、電話の向こうから、「うっ」という、嗚咽《おえつ》が聞こえた。姉の表情が、一気にぐにゃりと崩《くず》れる。

「父さん、ごめんね。長いこと、ごめん。あたし……ごめんなさい……」

電話の向こうで、父がなにかを姉に話していた。私には聞きとれなかったけど、とにかく父が泣いていることだけはわかった。嗚咽《おえつ》が、ときおりはっきりと耳に入る。

姉も、ぼろぼろ泣いていた。次から次へと、大粒《おおつぶ》の涙《なみだ》が頰《ほお》を伝い、姉の薄手《うすで》のニットにこぼれ落ちる。ズズッと洟《はな》をすする音が、電話の向こうからも聞こえた。

「わかった、うん。帰りはちゃんと家まで送るから。そのとき、ちゃんと顔見て謝《あやま》らせてね。……ううん、そこはしっかりしたいから。うん、うん、わかった。ほんとに、ありがとう、父さん」

そう言って電話を切ると、

「ムギを頼《たの》むぞ、だって」

ズズッと洟をすすって、姉はガラケーを私に戻《もど》した。「もうやだ、鼻水やばい」と、鼻声で笑う姉を見て、ゆるやかに、じわじわと私の心に喜びが押《お》し寄《よ》せてきた。

ああ、やっとこのときがきたんだ。大げさに言うと、ひとつの時代が終わって、始まるような気持ちだった。うれしさがこみあげて、もうあふれそうだった。

お姉ちゃんが、うちに戻ってくる。

それは、実際にまたうちで暮らすとか、そういうことじゃない。離《はな》れていた心が、ぶつかりあっていた心が、戻《もど》ってくるんだ。

本当は、もっとずっと前に、ふたりの心はとっくに氷が溶《と》けていたんだと思う。だけど、きっとキッカケを探してたんだ。もう一度、歩みよるキッカケを——。

座布団《ざぶとん》の上で、すぐに寝息《ねいき》をたてはじめた華奢《きゃしゃ》な背中に、「お姉ちゃん、よかったね」と、ささやいた。

そっと部屋を出て、私は、館内を探索《たんさく》することにした。

見つけたい。どんなささいなことでもいいから、「本館」とのつながりを。

ひとまず受付のあった広間まで向かうことにした。オーナーも女将《おかみ》さんも奥《おく》に引っこんでいるようで、誰《だれ》もいない。

囲炉裏《いろり》の横を通りすぎ、小さなお土産《みやげ》コーナーをのぞいた。棚《たな》に、黒糖まんじゅうや、さくらんぼのジャムが並んでいる。透明《とうめい》のケースに入った試食の黒糖まんじゅうをひとくちいただいた。うん、おいしい。家族へのお土産はこれに決まりだな、と思いながら今度は受付のほうに目を向けた。

カウンターの端《はし》っこには、三つ折りになった観光マップが束になって置かれていて、その横に、紐《ひも》で綴《つづ》った和紙の本が一冊、表紙をこっちに向けて飾《かざ》られている。

「かねやま分館の、歴史……」

筆で書かれた文字を読みあげながら、私はそれを手にとった。

ページをめくると、最初に「かねやま分館」の外観。その下に、さっき迎《むか》えてくれたオーナーと女将《おかみ》さんの笑顔《えがお》のカラー写真があった。少しだけ若いような気がするから、何年か前に撮影《さつえい》したものだろう。

私は、ぱらりとページをめくった。「かねやま分館」の外観や内装の写真が、どのページにものっている。ページをめくればめくるほど、下に記された年号が、どんどん古くなっていく。写真の画質がどんどん悪くなって、ページの真ん中あたりにくると、色あせたモノクロ写真になった。

「ん……？」

最後の二ページで、手を止めた。「昭和三年七月八日　開業」と書かれた、古い写真。「かねやま分館」の前で、両手を高くあげてニカッと笑う小柄《こがら》な青年。画質が悪すぎて、男の人だということしかわからない。

「ああ、それがねぇ、さっき言った私の親父《おやじ》」

突然《とつぜん》、前から声をかけられて、私はハッと顔を上げた。

カウンターの向こう側から、オーナーが私の手元をのぞきこんでいた。

「すみません、私、勝手に……」

「いやいや、自由に読んでいただきたくてここに置いてるんですから。それ、去年作ったばかりなんですよ。ぜひごゆっくり読んでください」

オーナーはカウンターから出てきて、私の隣《となり》に立った。

「イタズラ好きで涙《なみだ》もろくってねぇ、ほんと子どもみたいな人でしたよ」

オーナーは懐《なつ》かしむように目を細めて、本の中の写真を見つめた。

「……子どもみたいな人、ですか？」

「そう。表情がくるくる変わってねぇ、泣いたり怒《おこ》ったり、まあ忙《いそが》しい人でしたよ。とびきり小柄《こがら》だったんですけどねぇ、チビって言われるのが、なにより嫌《いや》だったみたいで。反抗期《はんこうき》の頃《ころ》、私が思わず言ってしまったときには、そりゃあもう大変だったんですよ。チビって言うな、こんにゃろうってねぇ、顔を真っ赤にして、ぽかぽか殴《なぐ》られましたよ。もうまるきり子どもですよねぇ、おっかしい」

くっくっと、肩《かた》を揺《ゆ》らしてオーナーは笑った。

ははは……と、いっしょになって笑いながら、それって、なんだかどこかで聞いたような話だなぁと思う。いや、聞いたんじゃない、そんな光景を見たような――。

「あのっ……！」

ん？　とオーナーが写真から視線を上げる。

「どうしてここは分館っていう名前なんですか……？　本館は存在しないんですよね？」

いちばん、聞きたかったことだった。どうして、「分館」という名前なのか。

「ああ、それはねぇ……」と、オーナーは目を細めて、「その次のページをめくってみてください」と、私の手元を指差した。

私は言われるままに、ページをめくった。いちばん後ろの、最後のページ。そこには、ひときわ古い、色あせたセピア色の写真。かやぶき屋根の平屋が、川の両側にいくつもいくつも立ちならんでいる。

「右側のね、いちばん手前。それが、本館なんです。かねやま本館」

「え？　これが……？」

オーナーが指で示した、かやぶき屋根の平屋。

「あ……」

私は声をもらした。画質はかなり悪い。それに、見切れていてしっかりと平屋の全貌《ぜんぼう》は見えない。だけど、わかる。これは、これは――――。

かねやま本館だ。私の通っていた、かねやま本館。薄《うす》れていく記憶《きおく》の中でも、建物だけはしっかり覚えている。まちがいない、これだ。この建物だ。

写真にくぎ付けになっている私に、オーナーの低い声が、降りかかる。

「親父《おやじ》のね、初恋《はつこい》の人の宿だったんです。かねやま本館は」

「初恋の、人……？」

「ええ。女の人がひとりでやってた小さな湯治宿でね。だけどね、流されちゃったんですよ。その女将《おかみ》さんも、宿も。かわいそうにねぇ」

ハッとした。そうだ。お姉ちゃんが銀山温泉の歴史を調べてくれたときに教えてくれた。大正二年に起きた――――、

「銀山川の大洪水《だいこうずい》で……？」

「あれぇ、お客さん。よおく知ってますね。そう、銀山川の大洪水」

「それで、初恋の人の宿が……？」

「そうなんです。うちみたいな、かやぶき屋根の湯治場宿がね、昔はこの写真のように、

たっくさんあったらしいんですよ。でもあれで全部流されちゃってね。親父《おやじ》の初恋《はつこい》の人の宿も、跡形《あとかた》もなく流されちゃって、その人も亡《な》くなってしまってね。親父は運よく助かったんだけど、そうとうショックだったでしょうね。そこの女将《おかみ》さんと、その宿が大好きだったんだって、しょっちゅう言ってましたから。親父、よく学校でいじめられてたみたいなんですよ。そのたんびに本館に行ってね、女将さんに励《はげ》まされてたみたいです。けがしたら手当てしてくれてねぇ、話をじっくり聞いてくれて、おにぎりまで出してもらった、ってね。親父にとって、最高の休憩処《きゅうけいどころ》だったみたいですよ」

「おにぎり……」

「だからねぇ、その人がやっていた宿を再現したいって、親父はこの分館を建てたんです。信じられないかもしれないけど、生涯《しょうがい》その人を思って、独身を貫《つらぬ》いたんですよ。すごいでしょう」

「えっ？　あれ？　でも、息子《むすこ》さんなんですよね？」

私が手のひらを向けると、ははは っとオーナーが笑った。

「僕《ぼく》はじつは養子でねぇ、親が早くに死んだもんで、親戚《しんせき》だった親父が引きとって育ててくれたんですよ。だから、生涯親父が恋していたのは、あの女将さんただひとり。なかなかの純愛でしょう。死ぬ直前にも言ってたからね、あっちの世界に行ったら、その初恋《はつこい》の女将《おかみ》さんといっしょに湯治場宿をやるんだって……」

「えっ……」

子どもみたいな人、イタズラ好きで、女将さんが大好き。

もしかして、もしかして――。

「あの、お父様のお名前って……」

白髪《しらが》の眉毛《まゆげ》を持ちあげて、オーナーがゆっくりと口を開いた。

「井出清《いできよし》」

「いで、きよし……？」

「そう。井出清っていいます」

「きよ、し……」

時間が止まった、ように感じた。

すべての音が、ぴたりと静まり、ただ私の心の中に、愛くるしいあの笑い声が響《ひび》く。

「かねやま本館」で小夜子さんの横にいたあの少年、キヨ。坊主頭《ぼうずあたま》ってことだけで、顔も、もうモヤがかかったように浮《う》かばない。だけど、だけど――！

私は、震《ふる》える手で、ひとつ前のページに戻《もど》る。両手を空に掲《かか》げている青年。この人が、この人が、井出清さん。そうなんだ。この人が、きっと――――。

「その、井出清さんの初恋《はつこい》の方のお名前って、わかりますか?」

オーナーは、ほう、と驚《おどろ》いたように目を丸くすると、

「ずいぶんご興味を持ってくださったんですねぇ。いやぁ、若い人に、そんなふうに思ってもらえて、うれしいことです。あの人の名前ね、もちろんわかりますよ。何度も何度も聞きましたから。それはもう耳にタコができるくらい……」

私は、ごくん、と唾《つば》を飲みこんだ。

オーナーが、微笑《ほほえ》みながら言った。

「小夜子さん」

ああ。やっぱり……。

その名前を聞いたとたん、胸が、どうしようもなく熱くなる。

やっぱり、やっぱり小夜子さんなんだ。

よろめきそうになる。落ちつけ、落ちつこう。涙《なみだ》がこぼれないように、私は深く息を吸った。

——親父《おやじ》の写真なら、露天風呂《ろてんぶろ》につながる階段のところにも飾《かざ》ってますよ。

オーナーにそう言われて、私は混乱する頭を整理するためにも、露天風呂に向かうことにした。姉を誘《さそ》おうかと思ったけれど、すやすやと心地《ここち》よい寝息《ねいき》をたてていたので、もう少し寝かせてあげることにした。

客室の黒光りする廊下《ろうか》の突《つ》きあたりに、露天風呂の入り口につながる上り階段が見えた。数段上った踊《おど》り場《ば》の壁《かべ》に、額縁《がくぶち》に入った「井出清」さんの写真が飾られていた。

青い甚平《じんべい》を着たおじいさん。カメラ目線じゃなくて、ななめ上を向いて顔をしわくちゃにして笑っている。

この人が、キヨ。キヨなんだ……。

顔は思いだせない。だけど、なんともいえない愛らしい子だったことと、キンキンと響《ひび》く明るい声は覚えている。写真の「井出清」さんの、かわいらしい笑顔《えがお》に、私は問いかける。

あなただったんですね、キヨは。そうだったんですよね？

井出清さんは、なにも答えず、ただななめ上を向いて笑っている。

露天風呂《ろてんぶろ》は、写真が飾《かざ》ってあった階段の上、ガラス戸の外。さらに、長い長い石の階段を上った先にあった。

階段を上りきる寸前に、大学生くらいの若い女の人ふたり組が下りてきた。火照《ほて》った顔で、「やっぱええなぁ」「最高だよねぇ」と、熟年夫婦《ふうふ》のような会話をしている。

すれ違《ちが》う直前に、「今なら貸し切りですよ」と、片方の女の人に言われた。私は、どうも、とぺこりと頭を下げて、肩《かた》で息をつきながら、階段を上りきった。

広がった視界に、思わず声が出てしまう。

「わぁ……」

洗い場もなにもない、屋根すらもないシンプルな石の露天風呂。言われたとおり、誰《だれ》もいなかった。無色透明《むしょくとうめい》のお湯が、白い湯気とともにゆらめいている。

「かねやま本館」で入った温泉とは、やっぱり少し違う。それでも、きゅうっと胸が、切ない音をたてる。苦しくなるほど、懐《なつ》かしい。

私は、横長のベンチに置いてあるカゴに脱《ぬ》いだ服を入れると、かけ湯をしてから、静かにお湯にすべりこんだ。ちゃぽん、と音がして、お湯が揺《ゆ》れる。とたんに黒い湯気が立ちのぼる――わけがないのに、それでも、やっぱりちょっと期待して、湯面をじっと見つめてしまう。

なにも起こらない。当然だ。ここは、ふつうの温泉なのだ。

ふ、と小さく笑って、ゆっくり空を見上げた。

規則を破っていなかったら、今日で、**【残り六日】**だったなぁ……。

あいかわらず、空がすがすがしいほど青かった。

「かねやま本館」はいつも夜だし雨だったから、晴れた昼間に温泉に入るのは、なんだかすごく新鮮《しんせん》だ。

ぐううっと、両手を空に伸《の》ばす。

同じ空でも、昼と夜じゃぜんぜん違《ちが》って見えるって、不思議。

そう思って、ん、と顔をしかめた。

なにかが引っかかる。なんだろう、なにが引っかかるんだろう。

ここの初代オーナー、井出清さんが、かねやま本館にいつもいた男の子、キヨ。

そして、キヨの初恋《はつこい》の人、洪水《こうずい》で流されてしまった「かねやま本館」の女将《おかみ》が、小夜子さん。ふたりはもうとっくの昔に亡《な》くなっている。

——だとしたら、銀山《かねやま》先生は？　あの人はいったい、何者なんだろう？

「かねやま本館」の謎《なぞ》が、もう少しですべてあきらかになるはず。
だけど、その、「あと一歩」がつかめない。
銀山先生……。
空を見上げながら問いかける。
あなたは、何者なんですか――？

夕食前。昼寝《ひるね》から起きた姉といっしょに、温泉街を散歩することにした。
もうすっかり陽《ひ》が落ちた温泉街に、ガス灯の灯《あか》りがゆらめく。その幻想的《げんそうてき》な光景により
そうように、川が静かに流れていた。川をまたぐようにかかっている短い橋の真ん中で、
私たちは立ちどまった。
昼間より、ぐっと空気が冷えている。川の音がチョポチョポと心地《ここち》よく耳に響《ひび》く。
「お姉ちゃんとふたり旅行なんて、夢でも見てるみたい……」
「ほんとだねぇ。こんな日が来るなんてね」
姉の横顔を、ガス灯の灯りが、ぽうっと照らしだしていた。潤《うる》んだ瞳《ひとみ》の中がオレンジ色
に揺《ゆ》れて、なんだかすごく、

「きれい。お姉ちゃん、すごくきれいになった」

「ええ～？　前がよっぽどひどかっただけじゃない～？」と、姉は照れながら笑ったあと、はあ～っと息をついてつぶやいた。

「ムギには、いっぱい迷惑《めいわく》かけたもんねぇ……」

そんなことないよ。そう言おうとしたら、「ごめんね」と、姉が泣き笑いみたいな顔で言った。

「あたしさぁ、ずっと農家を継《つ》げって言われてたでしょ？　父さんが、俺《おれ》だって選択肢《せんたくし》なんかなかったんだ、おまえは長女なんだから、家のことを考えるのがあたりまえだ、って、そう言うたびに、めちゃくちゃムカついてた。将来を勝手に決めつけんな、あたしの世界を勝手に決めるなーって。でも、さんざん反抗《はんこう》して家飛びだして、仕事も転々として、仲居の仕事始めてさ、わかったんだよね。お料理を運んで、それをうれしそうに食べるお客さんの顔。どんなにふだんの生活で大変なことがあってもさ、旅館に来て、おいしいごはん食べたら、やっぱりみんな笑顔《えがお》になるんだよ。それ見てたら、おいしいお米を作って日本全国に届けてる、うちの親たちのかっこよさって言うの？　そういうの、ちゃんと見えてなかったなぁって、わかったの。ちゃんと見て、やってみた上で、あたしは違《ちが》うって言うならわかるよ？　でもそうじゃなかった。なんにも知らないくせに否定してた。ただ、父さんの言いなりにはならない、って、それだけで。めちゃくちゃガキだったんだよ、あたし」

「お姉ちゃん……」

はじめて聞く、姉の本音。

長女にしかわからない、お姉ちゃんにしかわからない葛藤《かっとう》が、たくさん、たくさんあったんだ。それなのに私は、「もういいから、波風たてないで」って、ただただ耳をふさいでた。なんにも知らなかったくせに。

「明日、ムギを家まで送ったら、ちゃんと父さんに話すから。この数年で、あたしが感じたこととか、そういうのも全部ね」

ごうっと、冷たい風が吹《ふ》きぬけた。姉の髪《かみ》が、風にさらされてパアッと散った。橋が少しだけ揺《ゆ》れる。

「かっこつけてしゃべってたら、さむぅっ」と、姉が両手で自分の腕《うで》をさすって笑った。

その瞬間《しゅんかん》、私は猛烈《もうれつ》に思った。

忘れたくない。

無性《むしょう》に、どうしようもなく強く思う。

お姉ちゃんの笑顔《えがお》。話した言葉。ガス灯の灯《あか》り。吹《ふ》きぬけた風の冷たさ。川のせせらぎ。硫黄《いおう》の臭《にお》い。

今この瞬間を、この夜を、全部記録したい。絶対絶対、忘れたくない。

「お姉ちゃん、スマホ貸して」

「え？　なに急に？」

スマホを受けとったけど、どうすれば動画が撮《と》れるのかがわからない。

「ねえ、これってどうやって動画撮るの？」と聞くと、姉がやり方を教えてくれた。

私は、姉に画面を向ける。録画ボタンの赤い丸が、画面に点灯する。

「ええ、やめてよ、恥《は》ずかしいー」と、顔をしかめる姉に、「いいからいいから。そのまま、そのまま」と、私はスマホを向けつづけた。

宿に戻《もど》ると、ちょうど夕食の準備が整ったところだった。

低いテーブルが並んだ食堂で、オーナー夫妻が、お手製の郷土料理を振《ふ》るまってくれた。豪勢《ごうせい》ではなかったけど、親戚《しんせき》の家に来たような、ほっとする味のものばかりだった。

まるで、小夜子さんが出してくれたものみたい。そう思って、うれしくなった。

私の舌が、ちゃんと覚えている。あの、優《やさ》しい優しい、小夜子さんの味を。


食後に姉といっしょに露天風呂《ろてんぶろ》に入った。姉は部屋で休むと言うので、そのあと私だけまた、広間にやってきた。

どうしてももう一度、受付にある「かねやま分館の歴史」の本を見たかった。

銀山先生のことだけが、わからない。パズルのピースが、ひとつだけ見つからない。たったひとつなのに、いちばん大事な部分が抜《ぬ》け落《お》ちて、絵が完成しない。見えてこない。

広間には、誰《だれ》もいなかった。囲炉裏《いろり》にくべられた薪《たきぎ》がパチパチと静かに燃えている。

私は、受付でさっきの本を借りて、囲炉裏の前にそっと腰《こし》を下ろした。

もう一度、ページをめくる。写真のどこかに、銀山先生らしき人が写りこんでいないか、必死で目を凝《こ》らす。だけど、やっぱり、

「いない、かぁ……」

どこにも銀山先生はいなかった。はぁ、と肩《かた》を落としていると、後ろからオーナーが

「ちょっと失礼しますね」と、薪《たきぎ》を交換《こうかん》しにやってきた。

私の手元にちろりと視線を向けると、

「おや、また読んでくれてるんですか。いやぁうれしいねぇ」

「はい。すてきだなぁと思って。その、さっきの初恋《はつこい》のお話が」

オーナーは、目を細めて「ロマンチックでしょう」と、笑った。薪火《まきび》の赤い炎《ほのお》が、瞳《ひとみ》にちろちろ映って揺《ゆ》れている。

私は、再び手元の本に目線を向けた。やっぱり、どこのページにも銀山先生も小夜子さんらしき人も写っていない。

「初恋の、その、小夜子さんの写真は、残ってはいないんですよね……？」

ダメもとでたずねると、オーナーはよいしょと立ちあがり、私の隣《となり》に腰《こし》かけた。

「ないんですよ、それが一枚も……。だけど私もねぇ、親父《おやじ》が生涯《しょうがい》かけて恋した小夜子さんが、どんな人だったのかって、どうしても知りたくてねぇ。当時を知る近所の人に聞いてみたことがあるんですよ」

「そしたら……？」

「みんな口をそろえて言うんだよ。すばらしい人だった、と。誰《だれ》に対しても分け隔《へだ》てなく優《やさ》しく、どんな嫌《きら》われ者《もの》も病人も、貧しい人も受け入れた。いっしょにいると誰《だれ》もがほっとした、そんな人だったと」

胸が熱くなる。そうだ、小夜子さんはそういう人だ。傷ついた私たちを、休ませてくれた。錆《さ》びてもいい、ありのままでいいんですよって、そのまま全部受け入れてくれた。

オーナーが、囲炉裏《いろり》の炎《ほのお》を見つめながら続ける。

「……洪水《こうずい》のときも、小夜子さんは、最後まで村の人を助けようと必死だったそうです。自分のことだけ考えていれば、助かっていたかもしれないのにねぇ。彼女《かのじょ》を知る人は、みんな言ってましたよ、もちろん親父《おやじ》もね。あんなに心が美しい人は、見たことがないと。それほど愛にあふれたすばらしい人だったそうです、**銀山小夜子《かねやまさよこ》さんは**」

「え⁉」

私が声をあげたのと同時に、背後でガタンッと大きな音がした。

「ああ、大丈夫《だいじょうぶ》ですかぁ、お客さん」

オーナーが立ちあがり、玄関《げんかん》のほうへ駆《か》けよった。

玄関の戸の向こうで、籐《とう》の傘立《かさた》てが倒《たお》れていた。

「すみません、子どもが倒しちゃって」と、小さい子を連れたお父さんが、オーナーに謝《あやま》りながら、倒《たお》れた傘立《かさた》てを直している。
大丈夫ですよ。お嬢《じょう》ちゃん、けがはなかったかい？
だいじょうぶー。ごめんなさいー。
ああ、いい子だねぇ。
すぐそこで交《か》わされている会話が、遠い世界から聞こえてくるようだった。
心臓が、信じられないくらい高鳴っている。
まさか。まさか。まさかまさかまさか。
さっきのオーナーの声が、頭の中でぐわわんと響《ひび》いた。
（それほど、愛にあふれたすばらしい人だったそうです。銀山小夜子さんは）

裏《うら》葉《ば》色《いろ》

「はっ!?」

「かねやま本館」の玄関先《げんかんさき》で、俺《おれ》は目を疑った。

俺の手の中にある、入館証。有効期限の日数。

【残り六日】。

そう。残りは六日あるはずだ。なのに、その「六」の部分が、シュウッと奥《おく》に吸いこまれるように消えて、「五」に変わった。

俺があぜんとして目をしばたたいていると、「五」の文字もすぐに消えて、「四」になり、最終的に「一」まで減ってしまった。

【残り一日】。

「小夜子《さよこ》さん！　おかしい、これ。まちがってます、急に減ってる！」

出迎《でむか》えてくれた小夜子さんに、あわてて入館証を見せると、

「いいえ、まちがっていません。今日が、ナリタクさんの最終日です」

「はい!? ちょっと待って、それってどういう——」

ガタンッと大きな音がした。俺《おれ》は驚《おどろ》いて「ひゃっ」と、後ろを振《ふ》りむく。

玄関《げんかん》のガラス戸の向こうで、籐《とう》の傘立《かさた》てが倒《たお》れていた。黒い傘が入ったまま、ぐらんぐらんと左右に揺《ゆ》れている。

「あらまあ、風でしょうか」

小夜子さんが、下駄《げた》を履《は》いて玄関先《げんかんさき》へ向かおうとしたので、俺は先に傘立てに駆《か》けよって、元の位置に戻《もど》した。

「まあ、ナリタクさん。ありがとうございます」

「いやいや、これくらいなんでも」

傘立てを直しながら、不思議に思った。

今日は、風なんて少しも吹《ふ》いていない。なのにどうして突然《とつぜん》……。

——って、いや、今はそんなことどうでもいい。問題は、有効期限だ。

俺は、ばっと顔を上げた。

「どういうことなんですか？　今日が俺《おれ》の最終日って……」

小夜子さんが、すうっと鼻から息を吸って、まっすぐ俺を見つめた。

「すべては、お湯が決めることです」

「え……？」

「この子を休ませたい、お湯がそう決めて、その子を自分のところへ呼ぶんです。ちゃんとしっかり休んでいきなさい。肩《かた》の力を抜《ぬ》いて、自分らしく生きていいんだよ、と」

「お湯が、決める……」

「そう。そして、この子はもう大丈夫《だいじょうぶ》だ、ちゃんと上手に休みながら生きていける。お湯がそう判断したら、もう、呼ばれることはありません」

「つまり、その時点で有効期限が――」

「終わります」

知らなかった。

みんな一律で、有効期限は三十日なんだと思いこんでいた。そうか、そうなのか。まさか、そんな意思を、お湯が持っていたなんて――。

「じゃあ、俺はもう大丈夫だって、そう判断されたってことですか？」

「そうです。私も、なんの心配もしていません」

「………」

心配いらない。ナリタクは、問題ない。

うれしい言葉のはずなのに、なんだか複雑だった。そんなことないです。俺《おれ》はまだまだここが必要な、不安定な人間なんです。そんなふうにすがりたくなる。

「さあ、貴重な時間です。ぜひ、お湯に浸《つ》かっていってください」

小夜子さんに、ダサいところは見せられない。

俺は、黙《だま》ってうなずくと、男湯の暖簾《のれん》へと向かった。


最後に俺を呼んだのは、**【裏葉色の湯】**だった。

読んで字のごとく、葉っぱの裏側のような白くくすんだ薄緑《うすみどり》のお湯が、岩の露天風呂《ろてんぶろ》から、ひたひたとあふれ出ている。

森にかこまれた露天風呂には、屋根はない。ぽつ、ぽつ、と降りはじめの雨が、薄緑の湯面に小さな穴を空けていく。俺が湯船に近づいたとたん、あっという間に、さあああっと雨音が強くなった。

これが、最後のお湯だ。

短く息を吸いこんで、じゃぼん、と一気にお湯に浸《つ》かる。前回のお風呂《ふろ》と違《ちが》って、ふつうの深さだったので、ちょっとほっとした。

お湯はなかなか熱かったけど、雨が冷たいからちょうどいい。ふくらはぎのあたりから、じわじわと全身に染《し》みていく。くるぞ、とかまえていると、お湯の底からぶくぶくと泡《あわ》が湧《わ》きあがってきた。そのまま、黒い湯気が目の前に立ちのぼる。

黒い湯気から出てきたのは、俺《おれ》、だった。

(俺が消してやるよ、ただ消すだけじゃなく、めちゃくちゃかっこいい花の絵を描《か》いてやる)

湯気の中の俺は、そう言った。

うっわ、めちゃくちゃかっこつけてる。これは、恥《は》ずかしくて直視できない。目を細めていると、あっという間に湯気は消え去った。

「はあああ。恥ずっ」

顔を空に向けて、雨で洗いながすようにゴシゴシこすった。

恥ずかしいくらい、かっこつけてたな。でも、あのときの俺は、なんにも意識せずに、ああ言ったんだ。ただただ、ムギを元気づけたくて。

で、効能はなんだよ。

岩に置いた手ぬぐいを、パチャッとお湯に浸《ひた》す。少しして引きあげると、薄緑色《うすみどりいろ》の文字が浮《う》かびあがっていた。

裏葉色の湯　効能：完遂《かんすい》

「完遂、か……。やり遂《と》げろ、ってそう言ってるんだよな。そんなの、言われなくてもわかってますって」

お湯に向かって話しかけると、「そのとおり」とでも言うように、お湯がざざっとゆらめいた。

「裏葉色って、葉っぱの裏側ってことだろ？　たしかにこんな色してるよな、表と裏じゃ、触《さわ》り心地《ごこち》も色も、ぜんぜん違《ちが》うんだよな。同じ葉っぱなのに」

はあっと息を限界まで吸いこんで、ザボンッとお湯に潜《もぐ》った。

まんまで、いい。そのまんま行けよ。おまえらしく。そうすればきっと、やり遂げられる。

お湯が、俺《おれ》のことをじいっと見て、そう言っている気がした。

わかったよ、ありがとな。

お湯の中で、俺《おれ》は親指を立てた。


「いいお湯でした」

俺の言葉に、小夜子さんがうれしそうにうなずいた。

「あれ……、そういやキヨのやつ、いないですね？」

休憩処《きゅうけいどころ》には、小夜子さんと俺しかいなかった。

なんだよ、最後なのにいないのか……、と思った瞬間《しゅんかん》、塩おにぎりをのせたお皿を持って、キヨが入ってきた。あーらら、これはまた、ずいぶんとブサイクなおにぎり。お皿のあちこちに、ごはん粒《つぶ》がくっついている。

キヨが自信満々の顔で、お皿をテーブルに置いた。

「おまえとはなかなかソリが合わなかったけどな、そんでもオレはおまえが嫌《きら》いじゃない。さ、これ食ってがんばれ」

「え、キヨが握《にぎ》ったの？」

「そうだ。オレのお手製おにぎり」

「ええ〜。最後は、小夜子さんのおにぎりがよかったなぁ」

「……おまえ、やっぱぶっとばす」

「うそ、うーそ。ごめんって。食う食う、食います。すみません、キヨさん」

ちゃんと謝《あやま》ったのに、キヨはやっぱり俺《おれ》の肩《かた》をぽすぽす殴《なぐ》ってきた。最後まで、チビのくせに生意気なやつだ。

でも、キヨのおにぎりは、小夜子さんのに負けないくらいおいしかった。白くてツヤツヤしていて、口の中でぷりぷりお米が躍《おど》っていた。ちょっとしょっぱすぎる気もするけど、それが「男の味」って感じで、悪くない。

「んまい！」

俺がそう言うと、へへんと、キヨが指で鼻をこすって喜んだ。

おにぎりにかぶりつきながら、俺は心に誓《ちか》う。

絶対、忘れない。この味を、この人たちを、ここでの時間を、俺は一生忘れない。

小夜子さんが、「そろそろ、お時間が近づいています」と言って、俺の前に座《すわ》りなおした。

「ナリタクさん。あなたはそのままでじゅうぶんすてきです。自信を持って、錆《さ》びてください」

俺《おれ》は、小夜子さんの目を見つめて、ゆっくりうなずいた。

横でキヨが、唇《くちびる》を突《つ》きだしながら、いじけたような声を出す。

「最後だっつうのに、泣きついたりしねぇのかよ。あっさりしてんなぁナリタクは」

俺は、ははっと笑った。

「まだ、やることがあるから」

ゴォォォォォォン

鐘《かね》が鳴った。

ベッドの上に仰向《あおむ》けになっている俺を、銀山《かねやま》先生が「おかえり」とのぞきこむ。

俺は、銀山先生の目をじっと見つめた。

「答えは自分で見つけろって、先生言いましたよね」

「…………」

先生は黙《だま》ったまま、眉毛《まゆげ》だけをひょいっと上にあげた。

俺は、ベッドから起きあがり、靴《くつ》を履《は》いて銀山先生の前に立った。

ふうっと息を吸いこむ。そして、一気に言った。

「あなたは、小夜子さんなんでしょう?」

眼鏡の奥《おく》にある、銀山先生の細い目が少しだけ見開かれる。

「まったく別人に見える、銀山先生と小夜子さん。でも、やっぱりおんなじだった。見た目が違《ちが》うだけで、ふたりはいつも俺《おれ》らを、ここへ集《つど》う中学生たちを休ませてくれた。威厳《いげん》があって、芯《しん》があって、美しい。やっぱり、おんなじ人だ。なんで今まで気づかなかったのか不思議なくらい」

銀山先生は、あいかわらず黙《だま》ったままだが、そのまま続けた。

「俺……、ここに来るまでは、イケてるか、イケてないか、見た目で人を判断してた。だからこそ、自分のことも完璧《かんぺき》に見せたかった。イケてる自分でいたかった。だけどさ、銀山小夜子さん。俺、わかったんだよ。完璧なんて、そもそもそんなのない。イケてるかどうかなんて、そんなのひとつの面だけで決まるもんじゃないんだ。だからこそ、簡単に人を決めつけないで、その人の奥の奥を、いろんな面を、ちゃんと見なくちゃいけない。そうじゃないと、もったいない。本当にイケてるところを、その人のすばらしい部分を、見《み》逃《のが》すことになる。そういうことを、あの場所に、あなたに教えてもらった。あと……」

「ん？」

銀山先生が微笑《ほほえ》みながら、続きを待ってくれている。その表情は、あきらかに、小夜子さんのそれだった。

俺《おれ》は額をぼりぼりかきながら、うーん、もういいや、銀山先生には打ちあけてしまえ！と、顔を上げた。

「誰《だれ》かにすごく会いたいって、そういう気持ちを、はじめて知った！」

一気にまくしたてるように言うと、急に恥《は》ずかしくなって、かああっと顔が熱くなる。

ああー、なんだこれ。ナリタクらしくない。

いや、むしろ、めちゃくちゃナリタクらしいのか!?

はははははは、と俺はむだに声をあげて笑った。

銀山先生は、いや、銀山小夜子さんは、大きな口をにんまりと広げて「そう、そうかい」と、うれしそうに何度もうなずいた。

その笑顔《えがお》を見たら、なっさけないけど、やっぱり涙《なみだ》が出そうになる。

あー、ほんとに会えてよかった。恥ずかしい俺を、全部受けとめてくれる人に、受けとめてくれる場所に、出会えてほんとに、本当によかった。

ほーら、やっぱ泣くんじゃん、と、キヨがどこかで俺《おれ》を見て、勝ちほこった顔でもしてそうでカンに障《さわ》るけど、だめだ、やっぱり涙《なみだ》が出てしまう。

俺は、ごしっと乱暴に腕《うで》で涙をふき取り、深々と頭を下げた。

「銀山小夜子さん！　俺を呼んでくれて、休ませてくれて、本当に本当にありがとうございました！　俺、めちゃくちゃ楽しかった！　最高でした！」

涙が、ぽたぽた頬《ほお》を伝う。鼻水まで出てきて、あわててじゅるりと洟《はな》をすする。涙が口に入ってしょっぱい。キヨのおにぎりみたいだ。

あー、やっぱダサい。ナリタクは、ダサいわ。それが俺だ、ほんとの俺だ。ああもうなんだよ、これ、もうめちゃくちゃじゃん。泣きながら笑えてくる。

そんな俺の頭に、降りかかってきたのは、透《す》きとおるような、あの声。

「ナリタクさんは、これからたくさんの、本当にすてきな、すてきな人たちに出会います。その中には、きっとムギさんも——。ナリタクさんは、ムギさんの記憶《きおく》が薄《うす》れることを、恐《おそ》れていましたね。でも、たとえ記憶が薄れても、完全になくなってしまったとしてもね、一度でも、ここへ来た子ならわかるはずなんです。あなたたちの周りには、たくさんの休憩処《きゅうけいどころ》があふれているってことに。雨上がりの水たまりに、かたつむりがゆっくりはう様子に、雲の流れに、誰《だれ》かの笑顔《えがお》に。ほっとできる場所や時間がたくさんある。そう思って、ちゃんと目を凝《こ》らせばね。きっと、ムギさんにも伝わっています。かねやま本館は、ただの予告編みたいなものだということが。これからあなたたちが出会う、たくさんの奇跡《きせき》の、ちょっとした予告編。だから本編は、自分で作っていくんです。ひとりひとりが、自分の足で」

ゆっくりと顔を上げると、そこに立っていたのは白衣を着た小夜子さんだった。いや、やっぱり銀山先生だったのかもしれない。どちらでもいい。とにかく俺《おれ》の前には、深い愛情にあふれた、美しい、とてつもなく美しい女性が立っていた。

今までの俺だったら、きっと気づけなかった。この人の、この美しさには。

「すばらしい計画は、ちゃんとゴールまでやり遂《と》げられます。ナリタクさんならきっとできます。優《やさ》しいあの子のためにも、やり遂げてください」

「はい」

力強くうなずいた瞬間《しゅんかん》。

もう、「第二保健室」はなくなっていた。

俺は、プールサイドの男子更衣室《こういしつ》の前で、ひとり、立ちつくす。

ゆっくりと後ろを振《ふ》りむくと、プールのにごった水が、夕暮れの中でゆらめいていた。

今までなら、きったねえとしか思わなかった、季節はずれのプール。それが、西日を浴びて翡翠《ひすい》のようにきらきら輝《かがや》いていた。その真ん中で、裏側が上に向いた薄緑色《うすみどりいろ》の葉っぱが一枚、のんきにゆらゆら浮《う》かんでいる。フェンス越《ご》しに、犬の吠《ほ》える声が聞こえた。重なるように、キャアッとはしゃぐ小学生の声。

なんの変哲《へんてつ》もない、ただの風景。だけど、映画のワンシーンのように胸にせまる。

俺《おれ》は、ほおっと息を吐《は》いた。

「いよいよ、本編が始まるってわけか……」

これから

「またお越《こ》しくださいね」

オーナーと女将《おかみ》さんは、私たちの車が発車しても、いつまでも手を振《ふ》ってくれていた。みるみるうちに、小さくなっていくふたりと、かやぶき屋根の「かねやま分館」。車が角を曲がり、すっかりその姿が見えなくなると、とうとうこらえきれずに涙《なみだ》があふれてしまった。

「仲良くなってたもんねぇ、ムギとオーナー。しかし、そんなに泣くかねぇ、ムギってかわいい」

姉が運転しながら笑っている。

「また来ようよ、ね」

「うん……」

次来るときは、きっと、私はもう「かねやま本館」のことは、全部忘れてしまっているだろう。今朝はもう、小夜子《さよこ》さんの顔すら思いだせなくなっているのだから。

だけど……。私は眼鏡をはずして涙《なみだ》をぬぐい、助手席の窓を開けた。風が、ぶわっと吹《ふ》きこんでくる。

「かねやま分館の歴史」は、忘れないでいられる。それは、こっちの世界で起きたこと、新しく知った事実だから。私さえちゃんと覚えていれば、自動的に記憶《きおく》がなくなることはないはずだ。

きっと、これは「本館」での記憶を失っていく私への、小夜子さんからのプレゼントだ。

ありがとうございます。私、忘れません。銀山《かねやま》小夜子さんという、すばらしい女性がたしかに存在していたこと。私のすべてを受け入れてくれた、そんな居場所があったことを。

車は、紅葉した山の間を走っている。風の音で、耳がふさがれる。少しだけ窓から顔を出すと、涙で濡《ぬ》れた頬《ほお》が、あっという間にかわいていった。冷んやりして、心地《ここち》よい風だった。

気持ちが落ちつく、ほっとする。目を閉じて、私はそれを肌《はだ》で味わう。

きっとこの世界には、たくさんの「休憩処《きゅうけいどころ》」があふれている。私はそれを、探していこう。忘れた分だけ、見つけていこう。

目を開いた。そのまま、しばらく景色を眺《なが》めつづける。

隣《となり》で姉が、ラジオから流れる音楽に合わせて、ご機嫌《きげん》に鼻歌を歌っている。

エピローグ

なにかに、心を奪《うば》われる。

なにかに、どうしようもなく感動する。

その瞬間《しゅんかん》、私はいつも感じてしまう。

こっちだよ。そう、こっちよ。見えないなにかに、糸を引かれているような――。

すべてのキッカケは、中学三年。姉とふたりで行った、山形《やまがた》旅行だった。

「あんた、すごい熱量だったのよ。どうしても銀山温泉《ぎんざんおんせん》に行きたいーって」

姉はそう言うけれど、なんで、あのとき、そこまで銀山温泉に行きたいと思ったのか、今はもう不思議となにも覚えていない。けれど、そこで私は、人生を変える話を聞いた。

そのことだけは、しっかり覚えている。

——それは、そのとき宿泊《しゅくはく》した宿、「かねやま分館」の歴史。

初代オーナー井出清《いできよし》さんが、初恋《はつこい》の人、銀山小夜子《かねやまさよこ》さんを想《おも》って建てた宿だった。

銀山小夜子さんは、大正二年の銀山川《ぎんざんがわ》の大洪水《だいこうずい》で、最後まで村人を助けようとして命を落とした、心の美しい、すばらしい女性だったという。

私は、その話を聞いて、「歴史に名を残さない、偉大《いだい》な人たち」が世の中にはあふれていることを知った。

どんな人の人生にも、かけがえのない物語がある。特別じゃないように振《ふ》るまっていても、その中にある美しさ、強さ、人間のそういうものを忘れないように記録したい。

猛烈《もうれつ》にそう思うようになり、そこから、ビデオカメラにハマるようになった。

そして、私は、今の仕事へと導かれた。

ドキュメンタリー映像の制作会社に就職して、早《はや》や五年。最近はずっと、あるひとりのアーティストを追いつづけている。


チトの花が、今週は北海道《ほっかいどう》の旭川《あさひかわ》に出現!?

「まさかここにも来てくれたなんて」住民に笑顔《えがお》広がる。

パソコンでネットニュースを見ながら、上司の茂木《もぎ》さんがハハッと笑う。

「今度は北海道かよ。あいかわらずフットワーク軽いよなぁ、チトのやつ」

くるりと椅子《いす》を回転させて、茂木さんが私のほうを向いた。

「後谷《うしろや》、おまえまたどうせ追っかけるんだろ?」

私はビデオカメラのレンズを磨《みが》きながら、「もちろんです」と答えた。

「おまえも飽《あ》きずによくやるよ。うん、でもまあ根気強さは、この仕事でいちばん大事なことだからな。よし、行って、しっかり撮《と》ってこい」

「ありがとうございます!」


チト。

それは、もはや日本中で知らない人はいないほど有名なストリートアーティストだ。

性別も年齢《ねんれい》も明かさない匿名《とくめい》アーティストが、日本全国各地の公園に、色とりどりの花の絵を描《か》きはじめたのは、三年前。

地方の、小さな公園の遊具に描かれた美しい花の絵は、当初なんの話題にもならなかった。

しかし、SNSで、「公園に書かれていた悪口が、とんでもなく美しい花に変わっていた」と最初のひとりが書きこむと、「私のも」「僕《ぼく》のも」と、日本中から花の絵がアップされた。

「ただの落書き」で片付けることのできないほど、見る人を惹《ひ》きつける、それはそれは美しい絵だった。すべての花の絵は、どうやら同一人物による作品で、しかも、なぜかいずれも公園の遊具。そして、「悪口」が書きこまれていた場所に、上書きされる形で描《か》かれていた。

有名な美術評論家たちが、「すばらしい作品」と、口をそろって絶賛したことも追い風になり、「現代のファンタジー」と、マスコミが騒《さわ》ぎ立《た》てるほどの社会現象になった。

「まるで、童話の『みどりのゆび』のようだ」

みんな口々に言いだした。

そして、その匿名《とくめい》アーティストは、『みどりのゆび』の主人公の名前にちなんで、「チト」と呼ばれるようになったのだ。

チトは、確実にたくさんの人を笑顔《えがお》にしていた。

匿名の悪意が問題になっている現代で、匿名で愛を伝える人だった。

私は、ニュースでチトの存在を知ったとき、どうしようもなく感動した。それは、私がかつてゾウのすべり台に悪口を書かれたことが影響《えいきょう》していたんだと思う。

かつての自分、落書きで傷ついた自分に、教えてあげたい気持ちだった。

大丈夫《だいじょうぶ》。あなたの悲しみは、いつか花に変わるかもしれないよ。実際、同じように、たくさんの人の悲しみが、花に変わっているんだから――。

そして、強く思った。

追わなきゃ。チトを、追わなきゃ。

私がこの仕事に就《つ》いたのは、もしかしたら、このためなのかもしれないと思うほど強く。『みどりのゆび』が、私の大好きな童話だったから、勝手に運命を感じたのかもしれない。とにかくどうしても、このアーティストに会わなきゃいけない、私は、このことに関わらなきゃいけない。直感的にそう思った。

すぐに「チトが来た町」というテーマで映像を作りたい、と茂木さんに企画書《きかくしょ》を出した。

覆面《ふくめん》アーティストの足跡《そくせき》を追う、ドキュメンタリー映画。

私のあまりの熱意に押《お》されて、企画が通り、チトを追うことが決まった。

「サンタさんみたいに、白い髭《ひげ》のおじいさんなんじゃないか」

「あんな繊細《せんさい》な絵を描《か》くんだから、きっと絶世の美女に違《ちが》いない」

チトには、多くの憶測《おくそく》が飛《と》び交《か》ったけど、三年たった今でも、その素性《すじょう》は一切《いっさい》明かされていない。

「今週はチトが九州に」「今度は四国」「次は沖縄《おきなわ》」

情報が流れるたびに、私はその地域にカメラを持って飛んでいく。チトの絵が描かれた公園をチェックし、その町の人たちにインタビューをする。

「書かれていた悪口が、チトの花に変わっていたんだ」

喜ぶ町の人たちを記録することは、震《ふる》えるくらい幸せだった。

ああ、会いたい。いつか、チトに会ってみたい。なぜ、こんなことをしているのか。こんなすてきな計画を、どうして思いついたのか。本人に、どうしても聞いてみたい。

そう願いながら、私は今日も、チトの痕跡《こんせき》を記録しつづける——。


「おかえりぃー、ムギちゃーん！」

姉の子どもたちが、玄関《げんかん》まで迎《むか》えに来てくれた。

「きゃー、会いたかったよー！」と、小さな姉妹《しまい》を抱《だ》きしめていると、後ろから、姉がやってきた。

「やあーっと帰ってきたねぇ。もう、年末しか帰ってこられないって、どんだけ忙《いそが》しいのよー、まったくー。父さんが、ムギに会えないって、スネちゃって大変なんだからねぇ」

「ごめんごめん」

「――って、いちばん会いたかったのはあたしなんだけどねっ。おかえり、ムギー！」

子どもたちに重なるように、姉がぴょーんと、私に抱きついてくる。遅《おく》れて玄関に来た祖母と母まで、「ムギー、おかえりなさーい」と、姉の後ろから抱きついた。

姉の夫が、「すごい、ムギちゃん、大スターだな」と言うと、横にいた父が声をあげて笑った。

大晦日《おおみそか》。ひさしぶりに帰った実家は、それはもう、愛であふれていた。私は、そんな愛《いと》しい家族に、急いでカメラを向ける。

「まーた、すぐカメラ向けるんだからぁ」と、家族からはブーイングが起きるが、「いいじゃんいいじゃん」と、録画ボタンを押《お》してしまう。

やっぱり、どうしても記録したい。この幸せな瞬間《しゅんかん》を。

「うそでしょ。信じられない、大晦日《おおみそか》なのに」

もうすぐ年が明けるというのに、みんなコタツですやすや眠《ねむ》っている。何度声をかけても起きないので、もうあきらめて、私はひとりで笑ってしまった。姪《めい》っ子《こ》たちはともかく、大人まで寝《ね》ちゃうとは。さすが、早寝早起きの農家ファミリーだ。

暇《ひま》になった私は手持《ても》ち無沙汰《ぶさた》になり、何気なくカーテンを少しだけめくった。さっきまでちらちらと降っていたはずの雪が、ぴたりとやんでいる。

「満月……」

濃紺《のうこん》の空に、白い満月が、ぽっかりと浮《う》かんでいた。たしか、大晦日に満月って、すごくめずらしいんじゃなかったっけ。

「うわぁ、どうしよう。これは撮《と》りたい……」

コタツからのそのそとはいだして、厚手のダウンジャケットを着こんだ。ぐるぐると赤いマフラーを巻いて、頭にもおそろいの赤いニット帽《ぼう》。雪だるまみたいだな、と自分でちょっと吹《ふ》きだしそうになりながら、ブーツのつま先をトントンとならして、玄関《げんかん》を出た。

目の前に広がるのは、見わたすかぎり、真っ白に雪が降り積もった田んぼ。暗闇《くらやみ》の中で、月明かりを浴びて、あたり一面、きらきらと輝《かがや》いている。

「こんなに美しい場所だって、子どもの頃《ころ》は気づかなかったなぁ……」

私はそうつぶやきながらカメラをかまえ、録画ボタンを押《お》した。見事な満月に、ファインダーを向け、そこからゆっくりと一面の雪景色を映していく。

「このまま、ちょっと歩こうと思います。大晦日《おおみそか》の、私の故郷を」

自分でナレーションを入れながら、雪の畦道《あぜみち》を歩いた。私が通った道に、すぽすぽと足《あし》跡《あと》がついていく。昔はなんとも思っていなかった道が、どうしようもなく愛《いと》おしく感じた。こんなふうに思う日が来るなんて、かつての私は想像もしなかった。

（**ムギが遊園地をドタキャンしたときは、衝撃《しょうげき》だったなぁ**）

数か月前、あーみんとランチをしたときにそう言われた。

懐《なつ》かしいねぇ、と笑いながら、私はあのときのことを思いだした。絶対に文句を言われると覚悟《かくご》して行った週明け、誰《だれ》も私を責めたりしなかった。ノッチでさえも。

（あのとき、私も含《ふく》め、みんなハッとしたんだよね。ムギの優《やさ》しさにいつも甘《あま》えまくってたけど、もしかしてムギを追いつめてたんじゃないかって。仏のようなムギでも、いくら

なんでも限界だったんじゃないかって……〉

あのときはごめんね、と、あーみんが言った。こちらこそ、ドタキャンなんかしてごめん、と私は笑った。

ノッチやハナ、ソネちゃんたちとは中学卒業以来、なんとなく疎遠《そえん》になってしまったけれど、あーみんとは今でもしょっちゅう連絡《れんらく》をとりあっている。そのうち、みんなとも集まりたいね、とふたりで話している。

あの頃《ころ》は、毎日なにかに傷ついたり落ちこんだり、とにかく心が疲《つか》れていた。それは私だけじゃない、きっと、周りもみんなそうだった。それぞれが、いろんな思いを抱《かか》えて、いっぱいいっぱいだったんだ。だから、傷つけてしまったり、スネたり、感情がこんがってしまうことが、たくさんあったんだと思う。

「そういえば、いつからだったんだろう……」

自分の感情をがまんしてばかりで、クタクタに疲れていた私が、自分らしく過ごせるようになったのは。自然に、いつの間にか成長したんだろうか……。

雪が、すべての音を吸いこんでしまったように、ずうっと遠くまで静まりかえっていた。だけど、少しもさみしい感じがしないのは、この満月と、白すぎる雪のおかげかもしれない。

いつの間にか、結構な距離《きょり》を歩いていた。自然と、足があの場所へ向いている。

本当は、最初からここへ来たかったのかもしれない。到着《とうちゃく》してから、ふとそう思った。

雪に埋《う》もれたゾウぼっち公園は、すべての遊具に雪が積もり、違《ちが》う世界に迷いこんだように幻想的《げんそうてき》だった。どこもかしこも、発光しているように白く輝《かがや》いている。

「はあ……」

街灯の蛍光灯《けいこうとう》が、ちょうどゾウのすべり台を、スポットライトのように白く照らしだしていた。背中に布団《ふとん》のようにこんもり雪を乗せて、ゾウはなんだか温かそうにも見える。

カメラのファインダーを向けながら、私はもう言葉を忘れて歩いていく。

ゾウのすべり台まで来ると、懐《なつ》かしさで胸がいっぱいになった。そっと頭を下げて、おなかの空洞《くうどう》部分に足を踏《ふ》みいれる。

はぁぁ。吐《は》いた息が白く、ゾウのおなかに広がっていく。ふっと記憶《きおく》がよみがえる。

そういえば、そうだ。ここに、私は悪口を書かれたんだった。

「たしか、この辺に……」

次の瞬間《しゅんかん》、私は「あっ」と声をあげた。声は、ゾウのおなかにぼわんと響《ひび》く。

塗《ぬ》りたての油絵の具の臭《にお》い。
少しもかわいていない、みずみずしい筆跡《ふであと》。
そこには、美しい、とてつもなく美しい花の絵が描《か》かれていた。

真っ白く輝《かがや》く、月下美人。
チトだ。チトの花。

胸の奥《おく》、ずっとずっと深いところから、熱いものがこみあげる。
急がなきゃ。見つけなきゃ。
すべり台の外に出て、私は夢中で駆《か》けだす。

ゴォォォォォォォォォォン

遠くで除夜《じょや》の鐘《かね》が鳴った。
それはどうしようもなく懐《なつ》かしい、震《ふる》えるような鐘の音。

松素めぐり（まつもとめぐり）

1985年生まれ。東京都出身。多摩美術大学美術学部絵画学科卒業。本シリーズ第１巻『保健室経由、かねやま本館。』で第60回講談社児童文学新人賞を受賞。

保健室経由《ほけんしつけいゆ》、かねやま本館《ほんかん》。3

2020年10月27日　第１刷発行
2023年12月14日　第６刷発行

著者――――――松素《まつもと》めぐり
装画・挿画――――おとないちあき
装丁――――――大岡喜直（next door design）
発行者―――――森田浩章
発行所―――――株式会社講談社
〒112-8001
東京都文京区音羽2-12-21
電話　編集　03-5395-3535
　　　販売　03-5395-3625
　　　業務　03-5395-3615
印刷所―――――株式会社新藤慶昌堂
製本所―――――株式会社若林製本工場
本文データ制作――講談社デジタル製作

N.D.C. 913　255p　20cm　ISBN978-4-06-520794-9